The Grandmaster of Demonic Cultivation

BAND 5

MO XIANG TONG XIU

TOKYOPOP

Extrakapitel:

Gewaltsames Eindringen

Alles hatte in der Nacht vor drei Tagen begonnen. Der junge Herr Qin war gerade von einer Veranstaltung zurückgekommen. Müde und angetrunken wollte er sich hinlegen, als er ein lautstarkes Klopfen am Haupttor seines Anwesens vernahm. Irgendjemand hämmerte gegen das Tor, wieder und wieder.

Schlaftrunken fragte der Diener, der für die Nachtwache eingeteilt war, wer der Ankömmling sei. Dann stand er auf und ging mit einer Laterne in der Hand zum Tor. Gerade als er ein weiteres Mal nachfragen wollte, schien der Ankömmling dem Wahnsinn zu verfallen. Wie von Sinnen schlug er gegen das Tor. Der Türriegel knackte, während unentwegt zehn eiserne Krallen das Tor zerkratzten.

Es war so laut, dass sich kurze Zeit darauf all die vom Lärm aufgeschreckten Diener im Hof versammelten. Mit Öllampen, Knüppeln und Laternen in der Hand tauschten sie Blicke aus.

Endlich trat der Hausherr, lediglich in eine Jacke gehüllt, mit einem Schwert in der Hand in den Hof. Klirrend zog der junge Herr Qin das Schwert und rief: »Wer ist da?«

Augenblicklich wurde das Kratzen an der Tür noch lauter.

Der junge Herr Qin zeigte auf einen Diener, der mit einem Besen in der Hand in der Ecke kauerte. »Klettere auf die Mauer und schau nach, wer dort draußen ist.«

Der Diener wagte es nicht zu widersprechen. Leichenblass begann er seinen Aufstieg. Verzweifelt schaute er zum jungen Herrn Qin hinab, der ihn jedoch nur ungeduldig drängte weiter hochzuklettern. Zitternd wie Espenlaub kam er schließlich ganz oben an, legte seine beiden Hände auf das Ziegelsteindach und streckte den Kopf vor.

Ein Blick genügte und er fiel ohnmächtig zu Boden.

»Er meinte, ein Monster im Totenhemd mit wirrem Haar und voller Blutflecken habe an das Tor geklopft. Das war sicher kein Mensch«, schlussfolgerte der junge Herr Qin.

Bei diesen Worten tauschten Wei Wuxian und Lan Wangji einen Blick aus.

Lan Sizhui fragte: »Junger Herr Qin, habt Ihr keine genauere Beschreibung?«

Der junge Herr Qin kannte sich in der Kultivierungswelt nicht aus, hatte sich aber zufällig an die Richtigen gewandt. Er wusste, dass es sich bei den Anwesenden um Kultivierer handelte, kannte aber weder ihre Identität noch ihre Namen.

Lan Wangjis eiskalte Ausstrahlung war außergewöhnlich, Wei Wuxian wirkte überaus aufgeweckt und Lan Sizhuis Bewegungen waren trotz seines jungen Alters von Anmut geprägt. Der junge Herr Qin wagte es daher nicht, nachlässig zu sein und erwiderte: »Nein, aufgrund seines ängstlichen Naturells ist dieser törichte Diener sofort vor Schreck in Ohnmacht gefallen. Ich habe ewig gebraucht, um ihn wieder wach zu bekommen. Als hätte er da etwas Genaueres erkennen können.«

»Erlaubt mir bitte eine Frage«, warf Wei Wuxian ein.

»Bitte.«

»Junger Herr Qin, habt Ihr selbst keinen Blick auf das Wesen geworfen?«

»So ist es.«

»Schade.«

»Was ist daran schade?«

»Eurer Schilderung nach ist es ein bösartiger Untoter gewesen. Und diese haben es in neun von zehn Fällen auf eine bestimmte Person abgesehen. Hättet Ihr einen Blick auf ihn geworfen, hättet Ihr eventuell einen alten Bekannten entdeckt«, erklärte Wei Wuxian.

»Vielleicht ist er ja die eine Ausnahme. Und selbst wenn er es auf eine bestimmte Person abgesehen hatte, so muss das ja nicht unbedingt ich gewesen sein.«

Lächelnd nickte Wei Wuxian. »Stimmt.«

Der junge Herr Qin fuhr fort: »Das Wesen hat bis zum Morgen am Tor gekratzt. Als ich bei Tagesanbruch nachgesehen habe, war das Holz bis zur Unkenntlichkeit verunstaltet.«

Wei Wuxian und Lan Wangji drehten eine Runde am Tor. Lan Sizhui ging hinter ihnen und inspizierte alles gewissenhaft.

Das Haupttor des Qin-Anwesens war übersät mit Hunderten sich wild überlappenden Kratzern. Je fünf bildeten eine Einheit. Die längsten unter ihnen waren über einen Meter lang, die kürzesten nur einige Zentimeter. Das Tor war tatsächlich enorm beschädigt worden.

Die Kratzer stammten zwar zweifellos von einer menschlich anmutenden Hand, doch wie man es auch betrachtete, ein Lebender wäre mit seinen Fingernägeln zu einer solchen Tat kaum in der Lage gewesen.

»Zurück zum eigentlichen Thema. Da Ihr beiden jungen Herren ja Kultivierer seid, könnt Ihr die bösartige Kreatur doch sicher vertreiben?!«, fragte der junge Herr Qin.

Doch Wei Wuxian erwiderte: »Das ist nicht nötig.«

Lan Sizhui war sehr verwundert, sagte jedoch nichts. Auch der junge Herr Qin fand diese Antwort merkwürdig und vergewisserte sich, ob er richtig gehört hatte. »Nicht nötig?«

»Ja, es ist nicht nötig«, bestätigte Wei Wuxian.

»Ab dem Zeitpunkt ihrer Fertigstellung schützen Häuser ihre Bewohner vor Wind und Regen und genauso auch vor Eindringlingen. Das Tor des Hauses dient dabei als eine natürliche Barriere, die nicht nur Menschen, sondern auch nicht menschliche Wesen aufhalten kann. Da Ihr der rechtmäßige Besitzer dieses Anwesens seid, kann keine böse Kreatur hier eindringen, solang Ihr sie nicht durch Worte oder Taten dazu einladet. Der verbliebenen bösartigen Energie nach zu urteilen handelt es sich auch nicht um ein seltenes Geschöpf, wie es nur einmal in hundert Jahren vorkommt, junger Herr. Ein Tor reicht aus, um es am Eindringen zu hindern.«

Der junge Herr Qin hatte noch seine Zweifel. »Und da seid Ihr Euch auch wirklich sicher?«

»Ja«, antwortete nun Lan Wangji.

Wei Wuxian trat mit einem Fuß auf die erhöhte Türschwelle. »Wirklich. Und außerdem ist die Türschwelle eine weitere Barriere. Durch die Adern von Untoten fließt kein Blut und somit enthalten sie auch keinen Sauerstoff. Um sich vorwärts zu bewegen, können sie nur starr springen. Der Untote müsste zu Lebzeiten eine erschreckende Beinkraft besessen haben und einen Meter hoch springen können, andernfalls wäre er nicht einmal in der Lage, hier einzudringen, wenn das Tor weit offen stehen würde.«

Der junge Herr Qin war immer noch beunruhigt. »Gibt es nichts, das ich anschaffen muss? Etwa Talismane zum Schutz des Hauses oder Schwerter, um dunkle Kreaturen auszutreiben? Ich bin durchaus bereit, tief in die Tasche zu greifen. Geld spielt keine Rolle.«

»Wechselt den Türriegel aus«, schlug Lan Wangji vor.

»…«

Als Wei Wuxian das ungläubige Gesicht des jungen Herrn Qins sah, der wohl annahm, dass sie ihn mit diesem Vorschlag nur ruhigstellen wollten, meinte er: »Es liegt bei Euch, ob Ihr ihn auswechselt. Das müsst Ihr selbst entscheiden, junger Herr Qin. Falls noch etwas passieren sollte, seid Ihr willkommen, uns erneut aufzusuchen.«

Nachdem sie das Qin-Anwesen verlassen hatten, gingen Wei Wuxian und Lan Wangji eine Weile im Gleichschritt. Und während sie gemütlich umherspazierten, wechselten sie gelegentlich einige Worte.

Die beiden hatten sich mittlerweile halb in den Ruhestand zurückgezogen. Wenn nichts Dringliches anstand, wanderten sie ziellos in der Gegend herum, wobei der Zeitraum von wenigen Tagen bis hin zu einem Monat reichen konnte.

Als Wei Wuxian erfuhr, dass man Lan Wangji nachsagte, immer dort zu erscheinen, wo Hilfe benötigt wurde, hatte er nicht damit gerechnet, dass dies eine Herausforderung für ihn darstellen würde. Jetzt aber, wo er zusammen mit Lan Wangji unterwegs war, stellte er fest, dass es wirklich nervtötend war. Nicht etwa, weil es schwierig war, ganz im Gegenteil: Es war zu einfach.

Was er an den Nachtjagden so geliebt hatte, war die Wahl merkwürdiger und sonderbarer Orte. Solche, die mit allerlei unvorhergesehenen, spannenden Abenteuern verbunden waren. Doch Lan Wangji war nicht wählerisch. Er tat, was getan werden musste. Daher war es unvermeidlich, dass ihre Zielorte teils sehr gewöhnlich waren. Zum Beispiel war der bösartige Untote, der das Tor zerkratzt hatte, im Vergleich zu den Wesen, die Wei Wuxian früher gejagt hatte, überaus langweilig. Andere würden wahrscheinlich sogar sagen, dass er damit seine Fertigkeiten vergeudete und sein Eingreifen die Mühe nicht wert war.

Doch auch wenn die Fälle nicht sonderlich aufregend waren, so verbrachte er dennoch eine entspannte und erfreuliche Zeit, weil er mit Lan Wangji zusammen war.

Lan Sizhui führte still und leise Kleiner Apfel hinter ihnen her. Die ganze Zeit über dachte er nach, bis er es schließlich nicht mehr aushielt. »Hanguang-Jun, Wei Qianbei*, verlassen wir das Anwesen des jungen Herrn Qin wirklich, ohne uns weiter damit zu befassen?«

»Ja«, bestätigte Lan Wangji.

Wei Wuxian lächelte. »Sizhui, denkst du etwa, dass ich gerade Unsinn geredet und ihn reingelegt habe?«

Hastig widersprach Lan Sizhui: »Aber nein! Das wollte ich damit nicht sagen. Ich meine nur, dass auch wenn das Tor tatsächlich eine abwehrende Wirkung auf böse Kreaturen hat, es doch fast schon auseinanderfällt. Wir haben ihm nicht einmal einen Talisman gegeben. Wird wirklich nichts passieren?«

* Ein »Qianbei« ist jemand, der (eine Generation) älter oder erfahrener und nicht unbedingt mit einem verwandt ist.

Wei Wuxian war verwundert. »Musst du das noch fragen?«

»Ah …«, erwiderte Lan Sizhui.

»Natürlich wird etwas passieren«, bestätigte Wei Wuxian seine Befürchtungen.

»Was? Wieso?«

»Na, weil der junge Herr Qin gelogen hat«, erklärte Wei Wuxian.

Lan Wangji nickte leicht.

Lan Sizhui hingegen erschrak ein wenig. »Woran hast du das erkannt, Wei Qianbei?«

»Ich habe diesen jungen Herrn Qin zum ersten Mal getroffen, daher kann ich es nicht mit Sicherheit sagen, doch dieser Mann ist …«

»Stur und gefühllos«, beendete Lan Wangji seinen Satz.

»So ungefähr«, bestätigte Wei Wuxian dies und führte weiter aus: »Jedenfalls ist er kein Feigling. Die Ereignisse in jener Nacht waren zwar sonderbar, seiner Schilderung zufolge aber nicht so seltsam, dass es einen derart erschrecken würde. Wäre es denn so schwer für ihn gewesen, selbst auf das Mauerdach zu steigen und nachzuschauen?«

Lan Sizhui begriff. »Aber er behauptet felsenfest, nicht mal einen Blick auf das Wesen geworfen zu haben …«

»So ist es. Wenn etwas mitten in der Nacht wie verrückt gegen ein Tor hämmert, wäre doch jeder neugierig. Und wenn man kein Feigling ist, wäre es doch ganz normal, heimlich einen Blick zu riskieren. Ist es nicht eher seltsam, dass er behauptet, er hätte dies nicht getan?«, analysierte Wei Wuxian.

»Ich stimme zu«, meinte Lan Wangji.

Wei Wuxian war begeistert. »Wir denken nun mal das Gleiche!« Dann lächelte er und strich sich über das Kinn. »Und außerdem sahen die Kratzspuren am Haupttor zwar furchterregend aus, doch die Rückstände der grollenden Energie waren nicht sonderlich stark. Er wollte niemanden töten oder sich rächen, da bin ich mir sicher. Also warten wir ab, um zu sehen, was dahintersteckt.«

»Wenn das so ist, warum lockst du den bösartigen Untoten nicht zu dir und fragst ihn, Wei Qianbei?«, fragte Lan Sizhui.

»Mach ich nicht.«

»Warum nicht?«

Stur beharrte Wei Wuxian: »Um eine Yin-Anziehungsflagge zu bemalen, braucht man ja wohl Blut?! Dieser Körper ist schwach.«

Lan Sizhui ging davon aus, dass er einfach nur zu faul war, um sein eigenes Blut dafür zu opfern. »Wei Qianbei, du kannst mein Blut benutzen.«

Wei Wuxian prustete. »Sizhui, das ist eigentlich überhaupt nicht das Problem. Wir sind hier, damit du Erfahrungen sammelst, oder?«, fragte Wei Wuxian.

Lan Sizhui erschrak, und Wei Wuxian sprach weiter: »Natürlich kann *ich* den bösartigen Untoten rufen und direkt vertreiben. Aber kannst *du* das auch?«

Bei diesen Worten begriff Lan Sizhui sofort.

Nach einer Reihe von Ereignissen waren er und die anderen Sprösslinge des Gusu-Lan-Clans etwas zu abhängig von Wei Wuxian geworden. Seelen zu rufen und zu befragen und Untote einzusetzen waren tatsächlich oft die schnellsten Methoden, um ans Ziel zu kommen. Doch nicht jeder konnte sie nutzen, und Lan Sizhui beschritt auch nicht den dämonischen Pfad der Kultivierung. Daher war es auch nicht angebracht, viel über diese Methoden zu lernen. Wenn Wei Wuxian wieder seine alten Tricks anwenden und mit wenigen Kniffen die Angelegenheit regeln würde, würde Lan Sizhui dadurch keine Erfahrungen sammeln. Diesmal wollten Wei Wuxian und Lan Wangji ihm zeigen, wie man den Fall konventionell lösen konnte.

Lan Sizhui vergewisserte sich: »Hanguang-Jun und Wei Qianbei, ihr meint also, dass wenn der junge Herr Qin nicht die Wahrheit sagen möchte, wir uns erst einmal nicht mit ihm befassen und ihn ein wenig erschrecken sollten?«

»So ist es. Warte ab. Der Türriegel hält höchstens noch zwei Tage. Hanguang-Jun hat ihm den praktischen und gut gemeinten Rat gegeben, sich einen neuen zu besorgen. Der junge Herr Qin schien ihn aber nicht ernst genommen zu haben. Und wenn er wirklich etwas Wichtiges geheim hält, dann würden auch zehn neue Türriegel nichts bringen. Früher oder später wird das Wesen wiederkommen.« Davon war Wei Wuxian überzeugt.

Doch der Türriegel hielt nicht einmal eine weitere Nacht.

Mit finsterer Miene suchte der junge Herr Qin Wei Wuxian und Lan Wangji am nächsten Tag erneut auf.

Renommierte Clans hatten mehrere Sitze. Die drei waren gerade in einem davon angekommen und machten nun Rast in der *Kleinen Bambushütte*, einem eleganten, bescheidenen Gebäude des Lan-Clans. Der junge Herr Qin kam äußerst früh vorbei und traf auf Lan Sizhui, der gerade am Seil des Esels zerrte. Der arme Junge bemühte sich mit aller Kraft, Kleiner Apfel aus der Hütte zu schaffen, doch der hatte sich am Bambus festgebissen.

Als Lan Sizhui sich umdrehte, sah er den jungen Herrn Qin mit verzerrten Mundwinkeln vor sich stehen. Leicht errötend ließ Lan Sizhui das Seil los und bat den jungen Herrn hinein.

Ganz vorsichtig klopfte er an der Schlafzimmertür seiner Qianbei, um ihnen Bescheid zu geben. Lautlos öffnete der ordentlich angezogene Lan Wangji die Tür und schüttelte verneinend den Kopf.

Lan Sizhui verstand: Wei Qianbei würde nicht so schnell aufwachen.

Er wusste nicht, was er tun sollte. Schließlich rang er sich dazu durch, dem jungen Herrn Qin gegenüber zu behaupten, dass seine Qianbei sich aufgrund einer Krankheit noch ausruhen mussten.

Damit verstieß er ganz klar gegen die Clanregeln, denn Lügen war verboten. Aber er konnte ihm ja schlecht die Wahrheit sagen und offenlegen, dass Wei Wuxian noch schlief und Lan Wangji ihn so lange warten ließ, bis sie ihn zusammen empfangen konnten.

Wei Wuxian schlief so lange, bis die Sonne weit oben am Horizont stand, und er richtete sich auch nur gezwungenermaßen auf, weil Lan Wangji ihn wieder und wieder umarmte und streichelte. Da er sich mit geschlossenen Augen das Gesicht wusch und ankleidete, zog er versehentlich Lan Wangjis Oberbekleidung an. Unter der Überjacke, deren Saum er mehrfach umschlagen musste, schauten die Hemdärmel um einige Zentimeter hervor. Er sah wirklich unangemessen gekleidet aus.

Glücklicherweise hatte der junge Herr Qin überhaupt keine Zeit, Wei Wuxians Erscheinungsbild Beachtung zu schenken. Ungeduldig zerrte er die drei mit.

Das Haupttor des Qin-Anwesens war fest verschlossen. Mit dem Türklopfer hämmerte der junge Herr Qin an das Tor und verzichtete dabei auf Smalltalk.

»Nach Euren gestrigen Instruktionen war ich zwar ein wenig beruhigt, konnte aber dennoch nicht einschlafen. Daher habe ich nachts in der Haupthalle hinter verschlossenen Toren gelesen und Wache gehalten.«

Es dauerte nicht lange und ein Diener öffnete das Haupttor und bat die drei hinein. Als sie die Treppen in den Hof hinabstiegen, war Wei Wuxian leicht verdutzt.

Überall im Hof waren rote Fußabdrücke verteilt. Es war ein erschreckender Anblick.

»Gestern Nacht kam das Wesen erneut hierher«, erzählte der junge Herr Qin besorgt. »Es hat wieder gegen das Haupttor gehämmert und es zerkratzt. Fast eine Stunde lang hat es einen Höllenlärm veranstaltet. Und gerade als ich mich beruhigt hatte, hörte ich plötzlich, wie der Türriegel zerbrach.«

Als der junge Herr Qin dieses Geräusch vernommen hatte, hatten sich bei ihm sämtliche Nackenhaare aufgestellt. Er war zum Holztor der Haupthalle gerannt und hatte dort durch einen Spalt nach draußen gelinst.

Das Mondlicht schien schwach und er sah von Weitem, dass die beiden Torflügel offen standen. Er entdeckte die Umrisse des Untoten, der vor dem Haupttor des Qin-Anwesens lauerte. Wie ein Holzpflock, an dessen Ende man eine Sprungfeder befestigt hatte, sprang er wild vor dem Tor hin und her.

Auch nach einer ganzen Weile gelang es der Kreatur nicht, über die Türschwelle zu gelangen.

Der junge Herr Qin atmete erleichtert auf und dachte sich, dass Wei Wuxian recht behalten hatte. Durch die Adern der Kreatur floss kein Blut und ihr ganzer Körper war starr. Sie konnte die Beine nicht krümmen und somit garantiert nicht über die hohe Türschwelle springen.

Doch noch bevor er sich vollkommen in Sicherheit wägen konnte, sah er, wie die Gestalt plötzlich mit Schwung hoch in die Luft und mit einem Satz ins Innere schnellte!

Der junge Herr Qin drehte sich ruckartig um und presste seinen Rücken gegen das Tor der Haupthalle.

Nachdem das bösartige Wesen die Türschwelle überwunden hatte, trat es in den Hof und hüpfte schnurstracks nach vorn.

Platsch, platsch, platsch, platsch!

Mit nur wenigen Sprüngen war es beim Tor der Haupthalle angelangt.

Der junge Herr Qin hatte das Beben des Holzes in seinem Rücken gespürt. Mit Schrecken war ihm bewusst geworden, dass nur noch dieses Tor ihn von diesem Wesen trennte, sodass er hastig die Flucht ergriffen hatte.

»Die Kreatur wurde vom Mondlicht erhellt und ich sah ihre Silhouette durch die Papierfenster«, berichtete der junge Her Qin. »Sie betrat die Halle nicht, sondern umrundete sie nur einige Male. Die Fußabdrücke im Hof stammen alle von ihr! Werte Herren, es ist nicht so, als würde ich Euren Worten keinen Glauben schenken, aber Ihr habt ganz klar gesagt, dass das Wesen hier nicht eindringen könnte.«

Wei Wuxian begab sich zu der Türschwelle. »Junger Herr Qin, normalerweise können starre Untote wirklich nicht über so etwas springen. Durch die Adern von Untoten fließt kein Blut, sodass sie ihre Knie nicht beugen können. Das könnt Ihr jeden beliebigen Kultivierungsclan fragen, sie würden Euch alle das Gleiche sagen.«

Der junge Herr Qin breitete seine Hände aus und deutete auf die roten Fußspuren im Hof. »Und wie erklärt Ihr dann das?«

»Das kann nur bedeuten, dass das Wesen, welches Euer Anwesen betreten hat, kein gewöhnliches Exemplar ist. Junger Herr Qin, bitte versucht Euch zu erinnern, ob Ihr gestern Nacht irgendetwas Merkwürdiges an dem bösartigen Untoten entdeckt habt?!«

Mit wenig erfreuter Miene dachte der junge Herr Qin einen Moment nach, bis ihm etwas einfiel. »Jetzt, wo Ihr es erwähnt: Die Haltung des Wesens war beim Springen ein wenig eigenartig.«

»Inwiefern?«, wollte Wei Wuxian wissen.

»Es schien ...«, begann der junge Herr Qin.

Lan Wangji, der eine Runde im Hof gedreht hatte, kehrte an Wei Wuxians Seite zurück und meinte monoton: »Zu humpeln.«

»Genau!«, rief der junge Herr Qin sofort.

Augenblicklich fragte er skeptisch: »Woher wusstet Ihr das, junger Herr?«

Lan Sizhui interessierte das auch. Doch da Hanguang-Jun seit jeher immer alles wusste, war er zwar neugierig, aber nicht irritiert, sodass er ruhig die Antwort abwartete.

»Die Fußabdrücke auf dem Boden«, erklärte Lan Wangji.

Wei Wuxian beugte sich hinab und auch Lan Sizhui hockte sich hin, um sie zu inspizieren.

Nachdem Wei Wuxian sie kurz betrachtet hatte, hob er den Kopf und fragte an Lan Wangji gewandt: »Ein einbeiniger Untoter?«

Lan Wangji nickte.

Wei Wuxian stand auf. »Kein Wunder, dass er über die Türschwelle gelangen konnte. Von all diesen Fußabdrücken ist immer einer tief und einer nicht so tief. Eines seiner Beine ist gebrochen.«

Er dachte einen Moment nach und fragte dann weiter: »Was meinst du, hat er es sich vor oder nach seinem Tod gebrochen?«

»Davor«, meinte Lan Wangji.

Wei Wuxian stimmte zu. »Ja. Nach seinem Tod hätte es keine Auswirkung gehabt, egal welches Körperteil er sich gebrochen hätte.«

Und so fingen sie angeregt an zu diskutieren. Lan Sizhui kam nicht mehr mit und unterbrach sie hastig. »Hanguang-Jun, Wei Qianbei, einen Moment bitte. Ich sortiere das mal. Ihr meint, dass dieser bösartige Untote ein gebrochenes Bein hat und humpelt, und dass er deswegen leichter über die hohe Türschwelle springen konnte als ein zweibeiniger ... ah, als ein körperlich unversehrter Untoter?«

Offensichtlich fragte der junge Herr Qin sich das auch gerade und meinte: »Ich habe mich doch wohl nicht verhört?«

»Habt Ihr nicht«, bestätigte Lan Wangji.

Der junge Herr Qin fand das absurd. »Sagt Ihr damit nicht auch, dass ein Mensch mit einem Bein schneller rennen kann als einer mit zwei Beinen?«

Die beiden hatten gerade konzentriert diskutiert und doch nahm Wei Wuxian sich einen Moment und grinste ihn an. »Das habt Ihr missverstanden. Aber wenn ich es anders erkläre, versteht Ihr es vielleicht. Es gibt Menschen, die auf einem Auge blind sind und das gesunde daher umso sorgsamer pflegen. Obwohl sie nur ein Auge haben, ist ihre Fähigkeit zu sehen nicht unbedingt schlechter als die von Personen, deren beide Augen noch gesund sind – sie kann sogar noch besser sein. Dieser Logik folgend kann jemand, dessen linker Arm gebrochen ist, nur noch seinen rechten Arm benutzen. Und es wäre denkbar, dass sein rechter Arm mit der Zeit eine enorme Stärke entwickelt. Die Kraft seines einen Arms würde vielleicht sogar die einer Person mit zwei Armen übersteigen ...«

Lan Sizhui begriff. »Und weil dieser bösartige Untote sich zu Lebzeiten das Bein gebrochen hat und auch nach seinem Tod nur einbeinig herumgesprungen ist, ist seine Sprungkraft größer als die anderer Untoter?«

»Genauso ist es«, bestätigte Wei Wuxian freudig.

Lan Sizhui fand das äußerst interessant und merkte es sich.

Der junge Herr Qin war unruhig. »Das ist nur passiert, weil ich mich gestern mit meiner Frau gestritten habe und mich nicht mehr um die Reparatur des Tors kümmern konnte. Ich bin einfach nicht mehr dazu gekommen. Ich verstärke es jetzt, sodass das Tor so hart wie Eisen wird!«

Doch Lan Wangji schüttelte den Kopf. »Das bringt nichts. Dafür ist es jetzt zu spät.«

Der junge Herr Qin erschrak und spürte, dass das nichts Gutes heißen konnte. »Was soll das bedeuten?«

Wei Wuxian erklärte: »Es bedeutet, dass einige Abwehrmethoden gegen bösartige Kreaturen nur einmal verwendet werden können. Beim zweiten Mal erzielen sie keine Wirkung mehr. Hättet Ihr das Tor gestern repariert, hättet Ihr das Wesen noch eine Weile in Schach halten können. Doch jetzt, wo es bereits einmal das Haupttor passiert hat, wird dieses kein Hindernis mehr darstellen.«

Erschrocken und reuevoll fragte der junge Herr Qin: »Dann ... Was soll ich dann jetzt machen?«

»Es aussitzen«, riet ihm Lan Wangji.

»Kein Grund zur Panik. Auch wenn die Kreatur das Haupttor überwunden hat, so hat sie noch nicht das zweite Tor passiert. Euer Anwesen gleicht im Aufbau einer Stadt. Momentan hat sie erst das erste Tor durchbrochen, es gibt aber ja noch zwei weitere«, beruhigte ihn Wei Wuxian.

»Es gibt noch zwei weitere? Welche?«

»Das Gästetor und das private Tor«, antwortete Lan Wangji.

»Den Zugang zur Haupthalle und den zu Eurem Schlafgemach«, übersetzte Wei Wuxian.

Während sie sprachen, hatte die Gruppe den Hof längst hinter sich gelassen und in der Haupthalle Platz genommen. Doch auch nach einer ganzen Weile servierte ihnen niemand Tee, die Diener waren alle fort. Erst als der junge Herr Qin harsch nach jemandem rief, kam ein Bediensteter zu ihnen und wurde sogleich von ihm getreten. Der junge Herr Qin beruhigte sich erst wieder ein wenig, nachdem er seinem Ärger Luft gemacht hatte, wollte es aber auch nicht dabei belassen. »Könnt Ihr mir keine Talismane geben, um die Kreatur zu versiegeln? Bitte seid unbesorgt, die werten Herren, Geld spielt wirklich keine Rolle.«

Er wusste nicht, dass ihnen bei Nachtjagden die Belohnung völlig egal war.

»Das kommt darauf an, wie Ihr die Kreatur versiegeln wollt«, entgegnete Wei Wuxian.

»Wie meinen?«

Und so begann Wei Wuxian mit seiner Erklärung.

»Die Kreatur zu versiegeln würde bedeuten, nur die Symptome zu beheben, aber nicht die Ursache. Wenn Ihr die Kreatur lediglich daran hindern wollt hereinzukommen, ist das einfach. Dafür müsst Ihr nur alle zwei Wochen einen Talisman austauschen. Sie wird aber weiterhin an Eurem Tor klopfen und es zerkratzen. Meiner Einschätzung nach müsstet Ihr Euer Tor dann öfter auswechseln als die Talismane. Wenn Ihr zwischen Euch und die Kreatur eine größere Entfernung bringen möchtet, müsstet Ihr einen speziellen Talisman einsetzen, welcher alle sieben Tage ausgewechselt werden müsste. Derartige Talismane sind recht komplex bemalt und daher kostspielig. Und je länger Ihr das Wesen damit fernhaltet, desto größer wird seine grollende Energie …«

Lan Wangji saß ruhig da und hörte still dabei zu, wie Wei Wuxian Unsinn redete.

Versiegeln war in diesem Fall tatsächlich keine gute Strategie, doch die Herstellung und Nutzung solcher Talismane war längst nicht so aufwändig und kompliziert, wie er es darstellte. Aber niemand konnte besser das Blaue vom Himmel herunter lügen als Wei Wuxian. Selbst Lan Sizhui, der seine Hausaufgaben stets hervorragend machte, erschrak beim Zuhören und wollte ihm beinahe glauben.

Der junge Herr Qin fand das überaus lästig. Es hörte sich so an, als wären die Konsequenzen nicht abzusehen, wenn er sich für eine Versiegelung entschied, und er kam nicht umhin, an Wei Wuxians Worten zu zweifeln. Unentwegt schaute er zu Lan Wangji, der neben ihm saß und mit gesenktem Haupt seinen Tee trank. Doch weil sich in dessen Miene niemals ein ›Er übertreibt gerade maßlos‹ abzeichnete, konnte er nicht anders, als Wei Wuxian schließlich doch zu glauben. »Gibt es denn keine Möglichkeit, die Kreatur ein für alle Mal loszuwerden?«

Sofort wechselte Wei Wuxian das Thema: »Das liegt ganz an Euch, junger Herr Qin.«

»Was soll das heißen?

»Ich kann einen Talisman speziell für Euch anfertigen, aber das hängt davon ab, ob Ihr gewillt seid, meine Fragen ehrlich zu beantworten.«

»Welche Fragen?«

»Kanntet Ihr diesen bösartigen Untoten zu seinen Lebzeiten?«

Eine Weile schwieg der junge Herr Qin, ehe er schließlich zugab: »Ja.«

Bei diesen Worten tauschten Lan Wangji und Wei Wuxian einen Blick aus, während Lan Sizhui aufhorchte.

»Bitte führt dies weiter aus«, forderte Wei Wuxian.

Der junge Herr Qin dachte einen Moment nach, ehe er langsam begann: »So viel gibt es da gar nicht zu erzählen, ich kenne diesen Mann nicht sonderlich gut. Ich bin bei meiner Großmutter in einem Dorf in den Bergen aufgewachsen. Er war ein Diener in ihrem Haus, und weil wir im selben Alter waren, haben wir als Kinder oft zusammen gespielt.«

»Das nennt man einen Kindheitsfreund. Wie kann es dann sein, dass Ihr ihn nicht sonderlich gut kennt?«, wollte Wei Wuxian wissen.

»Je älter wir wurden, desto mehr haben wir uns voneinander entfremdet.«

»Denkt bitte nach. Habt Ihr irgendetwas getan, womit Ihr ihn vor den Kopf gestoßen habt?«

»Da gibt es eine Sache, aber ich weiß nicht, wie sehr ich ihn damit verärgert habe.«

»Sprecht«, forderte Lan Wangji.

Der junge Herr Qin führte aus: »Da er der Diener meiner Großmutter gewesen ist, war er häufig an ihrer Seite. Er war geschickt und vom Alter her hätte er ihr Enkel sein können. Meine Großmutter hat recht viel Gefallen an ihm gefunden und ihn häufig für seine Klugheit gelobt. Er bildete sich etwas darauf ein und klebte daher häufig an uns, den Kindern der Familie, ohne sich um den Unterschied zwischen Hausherren und Dienern zu scheren. Später ließ meine Großmutter ihn sogar noch mit uns zusammen am Unterricht teilnehmen. Eines Tages gab uns der Lehrer eine überaus schwere Aufgabe. Wir diskutierten darüber und jemand wartete mit einer Antwort auf. Gerade als die anderen Schüler ihn einstimmig dafür lobten, meinte der Diener plötzlich, dass sie falsch sei. Zu der Zeit hatte er gerade einmal wenige Monate am Unterricht teilgenommen, während wir anderen, die zur Familie gehörten, bereits mehrere Jahre unterrichtet worden waren. Es war offensichtlich, wer recht hatte, und sofort widersprach ihm jemand. Aber er war extrem stur und behauptete die ganze Zeit, dass die Antwort der anderen Person falsch wäre. Er wollte uns seine Lösung nahebringen, woraufhin die ganze Klasse schließlich so genervt war, dass wir ihn verjagten.«

Als er an diesem Punkt angelangte, kam Lan Sizhui nicht umhin, sich einzumischen. »Junger Herr Qin, auch wenn er Euch auf die Nerven gegangen ist, so hat er doch nichts Verwerfliches getan ... Wieso habt Ihr das getan?«

Wei Wuxian mischte sich ebenfalls ein. »Junger Herr Qin, so wie das klingt, habt ihr ihn als Gruppe vor den Kopf gestoßen. Habt Ihr dabei eine besondere Stellung eingenommen? Andernfalls würde er sicherlich nicht nur Euch aufsuchen, sondern allen aus der Gruppe einen Besuch abstatten.«

»Damals war ich der Erste, der meinte, er solle verschwinden«, antwortete der junge Herr Qin »Eigentlich habe ich das nur so dahergesagt, doch den anderen war er schon lange ein Dorn im Auge und sie hörten gar nicht mehr damit auf, ihn fortzuscheuchen. Und wider Erwarten war er überaus temperamentvoll. Er erzählte meiner Großmutter, dass er nicht mehr in den Unterricht gehen würde, und daran hielt er sich dann auch.«

»Ich stelle Euch noch zwei weitere Fragen. Junger Herr Qin, Ihr müsst unbedingt ehrlich antworten«, forderte Wei Wuxian.

»Fragt.«

»Die erste Frage lautet«, Wei Wuxians Augen leuchteten hell auf, »Ihr habt vorhin gesagt ›Jemand wartete mit einer Antwort auf‹. Wart Ihr dieser *Jemand*?«

Der junge Herr Qin hielt kurz inne. »Ist das relevant?«

»Dann die zweite Frage: Wer war letztendlich im Recht und wer im Unrecht bei der Lösung der Aufgabe?«

Der junge Herr Qin sah verstimmt aus. Voller Unmut schüttelte er seinen Ärmel und erwiderte gleichgültig: »Das liegt alles bereits viele Jahre in der Vergangenheit, verzeiht daher, dass ich mich nicht mehr genau an jedes Detail erinnere. Aber seien wir mal ehrlich, wer hat sich in seiner Jugend denn nicht von seinen Emotionen leiten lassen und Dinge getan, die er sich hinterher nicht mehr erklären konnte, oder ist auf Menschen getroffen, deren Verhalten er nicht nachvollziehen konnte? Bitte haltet Euch nicht weiter damit auf. Im Augenblick möchte ich nur schnellstmöglich diese Angelegenheit beheben.«

Wei Wuxian grinste. »Gut. Verstehe, verstehe.«

»Wann ist er verschieden?«, wollte Lan Wangji wissen.

»Ungefähr vor zwei Jahren.«

»Vor zwei Jahren? Das geht ja noch, dann ist er kein alter Untoter, aber auch kein junger. Wie ist er gestorben? War es Selbstmord?«, fragte Wei Wuxian.

»Nein. Ich habe gehört, dass er mitten in der Nacht betrunken herumgerannt ist. Er hat nicht aufgepasst und ist in den Tod gestürzt.«

»Wenn es kein Selbstmord gewesen ist, macht das die Lage ein wenig besser. Junger Herr Qin, gibt es da noch etwas, das Ihr uns erzählen wollt?«

»Nein.«

»Dann zieht Euch bitte vorerst zurück. Ich bringe Euch die Talismane bald zu Eurem Anwesen. Wenn Euch noch etwas einfällt, gebt uns gern jederzeit Bescheid.«

Nachdem sie wieder in der Kleinen Bambushütte angekommen waren, schloss Lan Sizhui die Tür, drehte sich um und seufzte. »Dieser junge Herr Qin ... hat wirklich ... wirklich ...«

Plötzlich meinte Lan Wangji: »Zwei Jahre.«

»Ja, zwei Jahre ist ein wenig seltsam«, meinte Wei Wuxian.

»Seltsam?«, wunderte sich Lan Sizhui.

Wei Wuxian zog einen unbeschriebenen Talisman aus seinem Ärmel. »Bösartige Kreaturen, deren Hass tief sitzt, treiben normalerweise ab der siebten Nacht nach ihrem Tod ihr Unwesen.* Diejenigen, bei denen es länger dauert, spuken normalerweise innerhalb eines Jahres. Wieso sollte ein bösartiger Untoter zwei Jahre warten, bis er jemanden aufsucht?«

»Vielleicht hatte er ja Probleme, den jungen Herrn Qin zu finden, da dieser umgezogen ist?«, mutmaßte Lan Sizhui.

Er stellte sich vor, wie es wohl gewesen wäre, wenn der Untote jede Nacht am Tor einer anderen Person geklopft und hineingelugt hätte, um

* Dem chinesischen Glauben nach kehrt die Seele eines Verstorbenen in der siebten Nacht nach seinem Tod zurück zur Familie.

zu schauen, ob sich der junge Herr Qin darin befand. Es lief ihm eiskalt den Rücken herunter.

Doch Wei Wuxian schloss dies aus. »Das kann nicht sein. Dieser bösartige Untote ist ein alter Bekannter des jungen Herrn Qin, daher wäre es ein Leichtes für ihn gewesen, ihn über seinen Atem ausfindig zu machen. Und außerdem, wenn es so wäre, wie du sagst, hätte er auf seiner Suche nach dem jungen Herrn Qin bei einigen anderen Anwesen an die Tore gehämmert. Und demzufolge müsste es mehr als nur diesen einen obskuren Vorfall geben. Lan Zhan, du hast mehr Dossiers gelesen als ich und dein Gedächtnis ist auch besser, hast du in den letzten zwei Jahren von ähnlichen Vorfällen gehört?«

Er betrat das Studierzimmer, während Lan Wangji ihm mit einem »Nein« antwortete.

»Na also ... Lan Zhan, ich finde meine zinnoberrote Farbe nicht.« Wei Wuxian zog einen Pinsel hervor. »Gestern Abend habe ich sie noch benutzt! Hat sie jemand von euch gesehen?«

Lan Wangji folgte ihm ins Studierzimmer und fand sie.

Wei Wuxian tauchte die Pinselspitze kurz in das kleine, filigrane Schälchen, dann schenkte er sich Tee ein und setzte sich an den Tisch. Mit der linken Hand führte er die Teeschale zum Mund, während er in der rechten den Pinsel hielt und ohne hinzuschauen wild einen Talisman bemalte. Dabei meinte er zu Lan Wangji: »Wenn dir keiner einfällt, dann gab es mit Sicherheit auch keinen. Daher steckt wahrscheinlich ein anderer Grund dahinter, weshalb der bösartige Untote den jungen Herrn Qin zwei Jahre lang in Ruhe gelassen hat. So, fertig!«

Die Farbe auf dem Talisman war noch nicht trocken, als er ihn hochhob und Lan Sizhui überreichte. »Bring den bitte zu ihm.«

Lan Sizhui nahm ihn entgegen, betrachtete ihn aus allen Winkeln und verstand nichts. In keinem Buch hatte er je solch wirre Formeln gesehen und kam daher nicht umhin nachzufragen. »Wei Qianbei ... Du hast ihn doch nicht etwa einfach nur wahllos vollgekritzelt, oder?«

»Natürlich habe ich das«, bestätigte Wei Wuxian seine Vermutung.

»...«

»Ich schaue nie hin, wenn ich Talismane bemale.«

»...«

Wei Wuxian lächelte. »Keine Sorge, es ist doch alles gut, solang es eine Wirkung erzielt. Ach ja, Sizhui, kann es sein, dass du diesen jungen Herrn Qin nicht allzu sehr leiden kannst?«

Lan Sizhui dachte einen Moment lang nach. »Ich bin mir nicht sicher«, begann er, doch dann antwortete er ehrlich: »Er hat nichts wirklich Böses getan, aber vielleicht fällt es mir einfach schwer, mit Menschen wie ihm umzugehen. Ich mochte nicht, wie er ›Diener‹ gesagt hat ...« An dieser Stelle hielt er inne.

Wei Wuxian verstand nicht, worum es Sizhui dabei wirklich ging. »Das kommt häufig vor. Die meisten Menschen auf dieser Welt schauen auf diesen Berufsstand herab. Manchmal schauen Diener sogar auf sich selbst herab ... Wieso seht ihr mich so an?«

Er wusste nicht, ob er lachen oder weinen sollte. »Stopp, habt ihr hier nicht etwas missverstanden? Das kann man doch nicht vergleichen. Die Menschen am Lotuspier sind keine normale Familie. Während meiner Jugend habe ich Jiang Cheng viel öfter verprügelt als er mich!«

Lan Wangji nahm ihn stumm in die Arme. Wei Wuxian konnte ein Lächeln nicht verbergen, erwiderte seine Umarmung und strich ihm mehrmals über den Rücken. Lan Sizhui hustete einmal. Als er bemerkte, wie normal Wei Wuxian wirkte und dass ihm die verächtliche Verwendung des Wortes »Diener« überhaupt nichts ausmachte, war er beruhigt.

Wei Wuxian meinte: »Aber er wird wahrscheinlich noch mal kommen.«

Lan Sizhui war verdutzt. »Werden wir das Problem heute noch nicht lösen können?«

»Er hat nicht alles erzählt«, meinte Lan Wangji.

Wei Wuxian war der gleichen Ansicht. »Genau. Es ist immerhin nicht das erste Mal. Bei solchen Leuten bleibt einem nichts anderes übrig, als die Wahrheit Stück für Stück aus ihnen herauszupressen. Mal schauen, ob er nach der heutigen Nacht mit der Sprache herausrückt.«

Wie erwartet suchte der junge Herr Qin sie am nächsten Morgen erneut auf.

Lan Sizhui machte gerade im Hof der Kleinen Bambushütte seine Schwertübungen.

»Mir reicht es jetzt!«, platzte es aus dem jungen Herrn Qin direkt bei seiner Ankunft heraus.

Hastig versuchte Lan Sizhui, ihn aufzuhalten. »Junger Herr Qin, bitte wartet! Meine beiden Qianbei schla... kultivieren gerade! Sie befinden sich in einer wichtigen Übung und dürfen nicht gestört werden!«

Bei diesen Worten schritt der junge Herr Qin nicht weiter durch den Hof, stattdessen entlud er seine gesamte Wut bei Lan Sizhui.

»Von wegen die Symptome behandeln und nicht die Ursache! Davon will ich nichts mehr hören! Ich will nicht, dass dieses Wesen mich je wieder aufsucht!«

In der zweiten Nacht hatte der junge Herr Qin wieder nicht einschlafen können. Er hatte sich in die Haupthalle begeben, dort das Licht angemacht und gelesen. Kurz darauf war der bösartige Untote – der Diener – erneut aufgetaucht.

Er hatte immer noch nicht in die Haupthalle eindringen können und war vor dem Tor hin und her gesprungen. Gelegentlich hatte er gegen die Wände gehämmert, wobei das Holzfenster und das Papier überraschenderweise standgehalten hatten. Kurz darauf hatten sich die Geräusche entfernt.

Der junge Herr Qin, der seit mehreren Tagen kaum ein Auge zugemacht hatte, hielt schließlich nicht mehr länger durch. Die Müdigkeit überkam ihn. Sein Kopf neigte sich zur Seite und er fiel im Sitzen in einen tiefen Schlaf.

Er wusste nicht, wie lange er so geschlummert hatte, als er plötzlich hörte, wie es dreimal klar und deutlich am Tor klopfte. Angespannt richtete er seinen Rücken kerzengerade auf, als ihn das Klopfen aus dem Schlaf riss.

Auf der anderen Seite des Tors erklang eine Frauenstimme. »Gemahl.«

Der junge Herr Qin war so abrupt aus seinem tiefen Schlaf gerissen worden, dass er nicht mehr wusste, wo oben und unten war. Als er Frau Qins Stimme hörte, stand er auf und wollte das Tor öffnen. Nach wenigen Schritten fiel ihm jedoch wieder ein, dass Frau Qin in den letzten Tagen ständig weinend beklagt hatte, dass sie das alles nicht mehr aushalten würde. Erst gestern hatte sie ihre Sachen gepackt und sich zu ihrem Elternhaus begeben. Wenn sie so große Angst gehabt hatte, dass sie abgereist war, woher hätte sie dann den Mut nehmen sollen, mitten in der Nacht ganz allein zurückzukehren?

Am Papierfenster wurde die anmutige Silhouette einer Frau sichtbar. Sie sah tatsächlich so aus wie die seiner Angetrauten. Doch der junge Herr Qin wagte es nicht, nachlässig zu werden, und zog leise sein Schwert. »Gemahlin, wieso bist du zurückgekommen? Bist du nicht mehr wütend?«

Monoton antwortete die Frau auf der anderen Seite des Tors: »Ich bin zurück und ich bin nicht mehr wütend. Mach doch bitte das Tor auf.«

Der junge Herr Qin wagte es nicht, einfach so dieser Bitte nachzukommen, und richtete sein Schwert auf den Schemen. »Gemahlin, du solltest lieber zu deinen Eltern zurückgehen, das wäre sicherer. Was, wenn die Kreatur noch nicht fort ist, sondern in der Nähe des Anwesens herumstreunt?«

Vor dem Tor herrschte Stille.

Schweiß rann über die Hand, mit der der junge Herr Qin sein Schwert hielt.

Wie aus dem Nichts schrie die Frau plötzlich schrill: »Mach endlich auf! Er kommt! Lass mich schnell rein!«

Draußen klammerte sich Frau Qin, von der er nicht wusste, ob es die echte war, an das Papierfenster und schrie erneut auf.

Dem jungen Herrn Qin gefror das Blut in den Adern. Er hielt den Talisman, den Wei Wuxian ihm hatte zukommen lassen, fest umklammert. Plötzlich fasste er Mut und schnellte mit erhobenem Schwert aus dem Tor der Haupthalle! »Und dann flogen mir unzählige Dinge direkt ins Gesicht, woraufhin ich in Ohnmacht fiel«, berichtete der junge Herr Qin.

»Was waren das für Dinge?«, erkundigte sich Wei Wuxian.

Der junge Herr Qin zeigte auf den Tisch. Wei Wuxian war überaus amüsiert. »Warum Obst?«

»Woher soll ich das wissen?!«, schnaubte der junge Herr Qin.

»Natürlich wisst Ihr es. Außer Euch weiß es niemand. Böse Kreaturen sind sehr nachtragend. Kann es sein, dass Ihr ihn früher selbst mal mit Früchten beworfen habt?«, vermutete Wei Wuxian.

Der junge Herr Qin sagte nichts, seine Miene war finster. An seinem Gesichtsausdruck konnte Wei Wuxian erkennen, dass seine Vermutung zutraf, doch da er es nicht von sich aus zugab, fragte Wei Wuxian auch nicht weiter nach. Als der junge Herr Qin wieder das Wort ergriff, wechselte er – wie nicht anders zu erwarten – das Thema.

»Heute Morgen habe ich jemanden zum Anwesen meiner Schwiegereltern geschickt. Meine Frau hat das Haus gestern Nacht nicht verlassen.«

»Das Wesen, das Euch aufgesucht hat, ist dazu imstande, die Schutzbarrieren von Häusern zu durchbrechen«, erklärte Wei Wuxian. »Es taucht in einigen Aufzeichnungen und alten Büchern auf. An sich schadet es Menschen nicht, aber es ist in der Lage, die Stimme und die Gestalt von Personen, die dem Hausbesitzer nahestehen, zu imitieren. Häufig arbeitet es mit bösen Kreaturen zusammen, wenn diese nicht in ein Haus eindringen können. Es hilft ihnen dabei, die Person hereinzulegen, damit sie selbst die Tür öffnet. Da hat der bösartige Untote wirklich einen guten Helfer gefunden.«

»Egal was das für ein Wesen war, dieses Wissen bringt mir nichts mehr«, entgegnete der junge Herr Qin. »Junger Herr, das zweite Tor wurde bereits durchbrochen und das Wesen ist in die Haupthalle meines Anwesens eingedrungen. Darf ich mir die Frage erlauben, ob Ihr mir auch nun wieder sagen werdet, dass es nicht nötig ist, Maßnahmen zu ergreifen?«

»Junger Herr Qin«, sagte Wei Wuxian, »um bei den Fakten zu bleiben, das zweite Tor habt Ihr selbst geöffnet. Ich könnte nicht sagen, in welcher Verfassung Ihr jetzt wärt, wenn Ihr meinen Talisman nicht gehabt hättet.«

Dem jungen Herrn Qin verschlug es die Sprache, dann rastete er aus: »Wenn das so weitergeht, steht dieses Wesen bald an meinem Bett, wenn ich das nächste Mal aufwache, oder?!«

Wei Wuxian entgegnete: »Wenn Euch wirklich daran gelegen ist, ruhig schlafen zu können, solltet Ihr lieber schleunigst darüber nachdenken, ob Ihr eventuell bei Eurer Erzählung doch etwas vergessen habt, junger Herr Qin. Dieses Mal solltet Ihr auf keinen Fall mehr etwas für Euch behalten. Ich versuche nicht, Euch Angst einzujagen, ha ha ha, aber Ihr müsst wissen, dass es in der nächsten Nacht an die Tür Eures Schlafgemachs treten wird.«

Dem jungen Herrn Qin blieb keine andere Wahl, als mit einer weiteren Sache herauszurücken.

»Ich habe diese Person das letzte Mal vor zwei Jahren gesehen, als ich aufs Land zu meinem ehemaligen Zuhause zurückgekehrt bin, um meine toten Eltern und Ahnen zu besuchen. Ich wollte an den Gedenkzeremonien teilnehmen und trug einen Jadeanhänger.«

Der junge Herr Qin fuhr fort: »Er hat erkannt, dass der Anhänger zu Lebzeiten meiner Großmutter gehört hat, und wollte ihn sich ausleihen, um ihn zu betrachten. Ich bin davon ausgegangen, es ginge ihm um das Andenken meiner Großmutter, also gab ich ihn ihm. Doch kaum hatte er ihn an sich genommen, verschwand der Jadeanhänger auch schon.«

»Was heißt, er ist verschwunden? Hat er ihn verloren oder verkauft?«, fragte Wei Wuxian.

Der junge Herr Qin zögerte einen Moment. »Das weiß ich nicht. Als er zurückkam und behauptete, er hätte ihn verloren, ging ich davon aus, dass er ihn verkauft hat und mir dann diese Lüge auftischen wollte, aber ...«

Er sprach nicht weiter, sodass Wei Wuxian überaus geduldig nachhakte. »Aber was?«

Lan Wangji, dessen Miene die ganze Zeit über unbewegt gewesen war, ermutigte ihn ebenfalls. »Sprecht ruhig weiter.«

»Aber wenn ich jetzt darüber nachdenke, wäre er wohl nicht so weit gegangen, die Sachen meiner Großmutter zu verkaufen«, gab der junge Herr Qin schließlich zu.

»Später hörte ich, dass er ein Trinker war. Wahrscheinlich hat er ihn während eines nächtlichen Rauschs verloren, oder jemand hat ihn ihm gestohlen. Jedenfalls habe ich ihn damals in meiner Wut harsch zurechtgewiesen.«

An dieser Stelle hakte Wei Wuxian nach. »Moment. Junger Herr Qin, bei etwas, das so wichtig ist, darf man keine vagen Formulierungen verwenden. ›Zurechtweisen‹ kann sowohl harmlos als auch ernst sein, da gibt es große Unterschiede. Auf welche Art habt Ihr ihn ›zurechtgewiesen‹?«

Die Augenbrauen des jungen Herrn Qin zuckten. »Wenn ich mich richtig erinnere, ging es mit einer leichten Tracht Prügel einher«, gab er zu.

Wei Wuxian blinzelte. »Das ... Ihr wart nicht zufällig derjenige, der für sein verkrüppeltes Bein verantwortlich ist, oder?«

»...« Der junge Herr Qin tat so, als wäre das alles nicht so schlimm. »Daran erinnere ich mich nicht mehr genau. Ich weiß auch nicht, wie sehr die anderen Diener ihn verprügelt haben. Aber er war seit Langem in unserem Haus angestellt, ich wollte ihm daher nicht wirklich etwas Böses. Wenn er mich wirklich dafür hasst, weiß ich auch nicht mehr weiter.«

Lan Sizhui, der neben ihnen stand und zuhörte, konnte sich einfach nicht mehr zurückhalten. »Junger Herr Qin, das ... das unterscheidet sich ja maßgeblich von dem ... was Ihr anfangs behauptet habt. Warum habt Ihr so viel verschwiegen, als Ihr zuvor gebeten wurdet, die ganze Geschichte zu erzählen?«

Der junge Herr Qin meinte: »Ich dachte, Talismane und Waffen würden ausreichen, um mein Haus zu schützen. Woher hätte ich denn wissen sollen, dass ich diese alten, unbedeutenden Kamellen erzählen muss?«

Wei Wuxian legte eine gewisse Theatralik in seine Stimme, während er sprach. »Nein, nein, das sind keine alten, unbedeutenden Geschichten. Die Lage ist sogar überaus ernst, junger Herr Qin! Denkt einmal darüber nach. Ihr habt diesen Mann zu Lebzeiten beschimpft und geschlagen, vielleicht seid Ihr sogar für sein gebrochenes Bein verantwortlich. Was wäre, wenn er den Jadeanhänger wirklich nicht verkauft hat? Dann wäre er gestorben, ohne dass aufgeklärt wurde, das er unschuldig ist. Und wen sollte er da aufsuchen, wenn nicht Euch?«

Sofort rechtfertigte sich der junge Herr Qin: »Aber ich habe ihn doch nicht umgebracht! Und es war auch kein Selbstmord! Wieso also sollte er mich aufsuchen?«

»Ach? Woher wisst Ihr denn, dass es kein Selbstmord war? Womöglich hat er sich wirklich im Affekt das Leben genommen, und alle sind nur davon ausgegangen, dass es ein Unfall gewesen ist. Das wäre noch schlimmer«, erwiderte Wei Wuxian.

»Wieso sollte ein erwachsener Mann sich wegen solcher Kleinigkeiten so sehr aufregen und deswegen Selbstmord begehen?«

»Junger Herr Qin, in unserem Beruf vermeidet man es tunlichst, von Mutmaßungen auszugehen«, sagte Wei Wuxian. »Jeder Mensch ist anders und es ist schwer zu sagen, ob ein erwachsener Mann sich wegen solcher *Kleinigkeiten* nun aufregen und Selbstmord begehen würde oder nicht. Ihr müsst wissen, dass die Gründe für Leichentransformationen vielfältig sind. Sie können vom Mord an Frau und Kind bis hin zu trivialen Dingen reichen, wie etwa dass irgendjemand als Kind nicht mit einem im Dreck gespielt hat.«

Doch der junge Herr Qin bestand beharrlich darauf. »Es war ganz sicher kein Selbstmord! Wenn sich jemand das Leben nehmen wollte, könnte er sich erhängen oder Gift einnehmen. Wer würde sich stattdessen dafür entscheiden, einen Hang hinunterzurollen? Es wäre überhaupt nicht sicher, dass man dabei sterben würde. Es war mit Sicherheit kein Selbstmord.«

»Eure Worte ergeben durchaus Sinn. Aber junger Herr Qin, habt Ihr nicht daran gedacht, dass er vielleicht nur deswegen vom Hang in den Tod gestürzt ist, weil Ihr ihm das Bein gebrochen habt und er deshalb nicht richtig laufen konnte? Wenn es sich so abgespielt hat, seid Ihr im Endeffekt für seinen Tod verantwortlich. Und wäre das nicht umso schlimmer?«, fragte Wei Wuxian.

Der junge Herr Qin wurde wütend. »Was soll das heißen, ich wäre im Endeffekt für seinen Tod verantwortlich? Wenn es so gewesen ist, dann wäre das ja wohl ein Unfall!«

»Wollt Ihr wirklich jemanden, der auf so eine grausame Weise gestorben ist, davon überzeugen, dass es ein Unfall war? Er ist immerhin zurückgekommen, was bedeutet, dass sich jemand für diesen *Unfall* verantworten muss«, warf Wei Wuxian ein.

So schmetterte er jeden Einwand des jungen Herrn Qin ab, bis diesem der kalte Schweiß herunterlief und sich seine Miene verfinsterte.

Schließlich meinte Wei Wuxian: »Aber Ihr müsst deswegen nicht verzweifeln, ich werde Euch eine letzte Maßnahme nennen, die Ihr anwenden könnt, um zu überleben.«

»Welche?«, wollte der junge Herr Qin wissen.

Lan Wangji sah Wei Wuxian an und wusste, dass er wieder Unsinn von sich geben würde. Er schüttelte den Kopf.

»Hört genau zu. Ihr müsst auf jeden Fall das kaputte Tor des Eingangs und das der Haupthalle weit offen stehen lassen und sicherstellen, dass er ungehindert hindurch kann. Ihr könnt ihn sowieso nicht aufhalten, auch wenn ihr sie schließt.«

»Gut!«

»Die restlichen Menschen des Anwesens müsst Ihr fortschicken, damit keine Unschuldigen verletzt werden.«

»Sie sind sowieso schon fast alle fort!«

»Gut, dann braucht Ihr jetzt nur noch einen jungfräulichen jungen Mann, der vor Yang-Energie nur so strotzt. Dieser muss sich um Mitternacht auf eine lange Sitzbank vor Eurem Schlafgemach setzen und Wache halten. Er wird alles erledigen.«

»Das ist alles?«

»Das ist alles. Und der jungfräuliche junge Mann ist auch bereits hier.« Wei Wuxian zeigte auf Lan Sizhui. »Um alles andere müsst Ihr Euch nicht kümmern, junger Herr Qin. Ihr könnt beruhigt abwarten, bis es hell wird.«

Beim letzten Satz verzerrten sich die Mundwinkel des jungen Herrn Qin. Er musterte den eleganten, kultivierten Jungen. »Wenn er vor der Tür Wache hält, was machen dann die beiden werten Herren?«

Wei Wuxian antwortete: »Natürlich halten wir innerhalb Eures Zimmers Wache, junger Herr Qin. Wenn die Tür nicht mehr geschützt werden kann und der bösartige Untote hereinkommt, sehen wir weiter.«

Der junge Herr Qin hielt es einfach nicht mehr aus. »Kann nicht einfach der werte Herr hier direkt draußen Wache halten?«

Er zeigte auf Lan Wangji.

Wei Wuxian war wie vom Donner gerührt. »Wen meint Ihr? Ihn? Ha ha ha ha ha ha ha ha ha ha ha ha ha ha ha!«

Vor lauter Lachen fiel er beinahe zu Boden. Es passierte nur deshalb nicht, weil Lan Wangji einen Arm um seine Schulter schlang und die Frage mit »Nein« beantwortete.

Über diese direkte Absage war der junge Herr Qin nicht sonderlich erfreut. »Warum nicht?«

Ernst entgegnete Wei Wuxian: »Habt Ihr vergessen, was ich gerade gesagt habe? Es muss eine Jungfrau sein.«

»...« Der junge Herr Qin konnte es nicht glauben. »Was denn, das trifft nicht auf ihn zu?!«

Als Lan Sizhui den jungen Herrn Qin aus der Kleinen Bambushütte geleitete, hielt Wei Wuxian sich noch immer den Bauch vor Lachen.

Lan Wangji sah ihn an und zog ihn dabei auf seinen Schoß. Monoton fragte er: »Hast du genug gelacht?«

»Noch nicht!«, antwortete Wei Wuxian.

Auf Lan Wangjis Schoß hockend meinte er: »Hanguang-Jun, dein Gesicht ist wirklich trügerisch. Alle sagen, du wärst so asketisch, rein und unbefleckt. Das finde ich ganz schön ungerecht.«

Lan Wangji schob Wei Wuxian etwas höher, sodass die beiden noch enger zusammensaßen. »Ungerecht?«

»Das ist doch unerhört. Findest du nicht? Du bist eindeutig keine Jungfrau mehr, doch bei deinem Gesicht gehen die Menschen einfach davon aus, dass dem so ist. In meinem vorherigen Leben habe ich nie auch nur die Hand eines Fräuleins berührt, es sei denn, ich musste sie retten. Aber kein einziger Mensch hat von mir gedacht, dass ich noch eine Jungfrau war.« Er zählte auf: »Im Unterricht und bei den Nachtjagden! Da hat jeder erzählt, dass ich ein Frauenheld sei. Während meiner Zeit beim Grabhügel! Da meinte jeder, ich sei der Teufel in Menschengestalt. Welch unaussprechliches Leid ich ertragen musste.«

Still legte Lan Wangji einen Arm um Wei Wuxian und ein Lächeln umspielte unmerklich seine Augen.

»Darüber lachst du auch noch? Du hast wirklich kein Mitgefühl. Was für ein grausamer Mann du doch bist. Ich belege immerhin den vierten Platz im Ranking der am besten aussehenden und sympathischsten Kultivierer, und doch habe ich in jenem Leben nur einmal jemanden geküsst. Und ich bin auch noch davon ausgegangen, dass es sich um ein schönes Fräulein gehandelt hat, das heimlich in mich verliebt war. Ich dachte mir, dass ich, Wei Ying, mein Leben nicht umsonst gelebt hätte, dabei bist du es gewesen ...«

Lan Wangji hielt es schließlich nicht mehr aus, still sitzen zu bleiben.

Er presste Wei Wuxian aufs Bett. »Passt dir das nicht?«

»Warum wirst du denn so ungehalten? Ha ha ha ha ha ha ha ha ha ...«

Lan Sizhui wartete mit Kleiner Apfel am Zügel im Hof, als Wei Wuxian und Lan Wangji gemütlich herauskamen. Eigentlich wollte er Wei Wuxian darauf aufmerksam machen, dass dieser schon wieder versehentlich Lan Wangjis Kleidung angezogen hatte, dachte dann aber einen kurzen Moment nach und ließ es schließlich doch bleiben. Immerhin kam das alle paar Tage vor. Wenn er ihn jedes Mal darauf hingewiesen hätte, wäre das doch ziemlich anstrengend gewesen.

Und außerdem behielt Wei Wuxian so oder so die Kleidung an, weil es ihm zu lästig war, sich wieder umzuziehen. Lan Sizhui hatte daher das Gefühl, dass es überhaupt keinen Sinn machte, etwas dazu zu sagen. Also tat er einfach so, als hätte er es nicht bemerkt.

Wei Wuxian setzte sich auf den Esel, zog einen Apfel aus der Satteltasche und biss knackend ab.

Der Apfel kam Lan Sizhui äußerst bekannt vor. Er zögerte eine Weile, ehe er schließlich doch fragte: »Wei Qianbei, ist das nicht einer der Äpfel, die der junge Herr Qin mitgebracht hat?«

»So ist es.«

»Du isst das Obst eines bösartigen Untoten?«

»Ganz genau.«

»Ist es denn wirklich unbedenklich, das zu tun?«

»Ja. Es ist nur auf den Boden gefallen. Man muss es lediglich waschen, dann kann man es zu sich nehmen.«

»Könnte der Apfel eines bösartigen Untoten nicht möglicherweise ... vergiftet sein?«

»Diese Frage kann ich dir beantworten: Nein.«

»Woher weißt du das, Qianbei?«

»Weil ich bereits sechs davon an Kleiner Apfel verfüttert habe ... Kleiner Apfel, stopp! Nicht mit den Hufen ausschlagen! Lan Zhan, rette mich!«

Mit einer Hand ergriff Lan Wangji kräftig die Zügel des wütenden Esels, während er mit der anderen Wei Wuxian den Apfel aus der Hand nahm. »Iss ihn nicht. Wir kaufen morgen welche.«

Wei Wuxian stützte sich an seiner Schulter ab und saß endlich wieder stabil. »Ich will doch nur ein bisschen für dich sparen, Hanguang-Jun.«

»Das wird niemals nötig sein«, erwiderte Lan Wangji.

Wei Wuxian kitzelte ihn am Kinn und grinste. Plötzlich schien ihm etwas einzufallen und er fragte beiläufig: »Ach ja, Sizhui, du bist doch noch Jungfrau, oder?«

Er hatte wie selbstverständlich gefragt, und doch entfuhr Lan Sizhui unkontrolliert ein Prusten.

So ein Verhalten schickte sich überhaupt nicht für die Mitglieder des Gusu-Lan-Clans. Lan Sizhui spürte Lan Wangjis Blick und nahm hastig wieder Haltung an.

»Kein Grund, nervös zu werden«, meinte Wei Wuxian. »Ich habe mir das vorhin nur ausgedacht. Einige Praktiken müssen zwar tatsächlich von jungfräulichen jungen Männern durchgeführt werden, doch da du mit einem Schwert bösartige Untote zerlegen kannst, ist es völlig egal, ob du wirklich noch Jungfrau bist oder nicht. Wenn du aber keine bist, wäre ich wirklich überrascht.«

Noch bevor Wei Wuxian zu Ende gesprochen hatte, rief Lan Sizhui mit rot angelaufenem Gesicht: »N...N...N... Natürlich bin ich das!«

Die Tore des leeren Qin-Anwesens standen in dieser Nacht wie erwartet weit offen. Der junge Herr Qin wartete bereits. Lan Sizhui positionierte sich vor der Tür des Gemachs. Obwohl er keine Rüstung trug, machte er einen überaus verlässlichen Eindruck.

Als der junge Herr Qin seine jugendliche Unerschrockenheit sah, kniff er seine Augenbrauen nicht mehr ganz so fest zusammen, war letztendlich aber doch nicht ganz beruhigt. Nachdem er das Schlafgemach betreten und die Tür geschlossen hatte, drehte er sich zu Lan Wangji und Wei Wuxian um.

»Ist es wirklich in Ordnung, wenn der junge Herr die Tür bewacht? Was, wenn er das Wesen nicht eliminieren kann, sondern stattdessen er sein Leben in meinem Anwesen lässt ...?«

Die beiden hatten sich bereits in aller Ruhe an einen Tisch gesetzt, und Wei Wuxian beruhigte ihn. »Niemand wird sein Leben lassen. Junger Herr Qin. Denkt einmal darüber nach, wie viele Tage der bösartige Untote schon sein Unwesen treibt. Hat in dieser Zeit jemand in Eurem Anwesen sein Leben verloren?«

Der junge Herr Qin setzte sich ebenfalls hin. Wei Wuxian legte eine der Birnen des bösartigen Untoten auf den Tisch. »Esst ein wenig Obst, um Euch zu beruhigen.«

Durch den Stress der letzten Tage war der junge Herr Qin bereits ein wenig benebelt. Er nahm die Birne und führte sie zum Mund. Doch gerade, als er abbeißen wollte, hörte er ein seltsames Geräusch.

Klock, klock, klock, klock.

Augenblicklich schien es, als wäre Kälte in das Zimmer eingedrungen. Das Kerzenlicht auf dem Tisch flackerte.

Dem jungen Herrn Qin fiel die Birne zu Boden und sie kullerte fort. Seine rechte Hand legte er auf den Schwertgriff an seiner Hüfte.

Klock, klock, klock.

Das bizarre Geräusch wurde immer lauter und kam immer näher. Jedes Mal, wenn es ertönte, schien das Kerzenlicht vor Furcht zu flackern.

Das klare Geräusch eines Schwertes, das aus der Scheide gezogen wurde, erklang auf der anderen Seite der Tür. Durch das Papierfenster sah man verschwommen, wie eine schwarze Gestalt vorüberhuschte. Augenblicklich verstummte das seltsame Geräusch. Stattdessen hörten sie, wie jemand sich flatternd hoch in die Luft erhob und ebenso das ohrenbetäubende Geräusch zerbrechender Holzmöbel.

Angst breitete sich auf der Miene des jungen Herrn Qin aus. »Was ist da draußen los?«

»Sie kämpfen nur. Keine Sorge«, beruhigte ihn Wei Wuxian.

Lan Wangji hörte einen Moment lang zu, ehe er meinte: »Zu übertrieben.«

Wei Wuxian verstand, was er meinte.

Dem Geräusch seiner Schwerthiebe und Schritte nach zu urteilen, waren Lan Sizhuis Angriffe schnell und kraftvoll, aber er konzentrierte sich nicht genug und dadurch fehlte ihnen der Fokus. Es war nicht so, dass sie nicht stark waren, aber sie passten nicht zum Schwertstil des Gusu-Lan-Clans. Wenn sein Jing, Qi und Shen* nicht im Einklang waren oder wenn er zu viele verschiedene Techniken ausprobierte, würde er in Zukunft womöglich keinen klaren Weg einschlagen. Und dadurch würde er es beim Kultivieren nur schwer bis ganz an die Spitze schaffen.

»Er macht das doch schon ganz gut. Sizhui ist noch jung und kann seine Hiebe noch nicht gänzlich kontrollieren. Sobald er etwas älter ist und häufiger gegen andere gekämpft hat, wird er seinen Weg schon finden.«

* »Jing« bedeutet übersetzt »Essenz«, »Qi« bedeutet »Lebensenergie« und »Shen« bedeutet »Geist«. Diese drei Konzepte werden auch als die drei Schätze des Daoismus bezeichnet.

Lan Wangji schüttelte den Kopf. Er lauschte noch einen kurzen Moment, ehe er plötzlich Wei Wuxian ansah.

Auch der war etwas überrascht. Er hatte es ebenfalls herausgehört.

Einige von Lan Sizhuis Schwerthieben entstammten nicht dem Schwertstil des Gusu-Lan-Clans, sondern dem des Yunmeng-Jiang-Clans.

Aber Wei Wuxian hatte sie dem Nachwuchs überhaupt nicht beigebracht und vermutete: »Sizhui und die anderen gehen oft mit Jin Ling gemeinsam auf Nachtjagd. Wahrscheinlich hat er sie sich unbewusst gemerkt, als sie gegeneinander gekämpft haben.«

»Das ist unangebracht«, erwiderte Lan Wangji.

»Wirst du ihn bestrafen, wenn wir zurück sind?«

»Ja.«

»Worüber redet Ihr?«, fragte der junge Herr Qin.

Wei Wuxian hob die Birne vom Boden auf und legte sie ihm erneut in die Hand. »Über nichts. Esst etwas, um Eure Nerven zu beruhigen. Es besteht kein Grund zur Besorgnis.« Anschließend lächelte er Lan Wangji an. »Aber, Hanguang-Jun, du bist wirklich erstaunlich. Dass ich den Schwertstil des Yunmeng-Jiang-Clans heraushöre, liegt ja auf der Hand, aber wie hast du das erkannt?«

Lan Wangji schien einen Moment lang zu zögern, ehe er antwortete: »Ich habe es mir gemerkt, nachdem wir uns einige Male duelliert haben.«

»Deswegen sage ich ja, dass du erstaunlich bist. Die paar Male, die wir gekämpft haben und ich den Schwertstil des Yunmeng-Jiang-Clans angewendet habe, sind doch schon über zehn Jahre her. Und doch hast du es dir gemerkt und es sofort herausgehört. Ist das denn nicht erstaunlich?«

Während er sprach, schob er eine Kerze zu Lan Wangji hinüber, um zu schauen, ob dessen Ohrläppchen rot anliefen. Doch Lan Wangji durchschaute seine neckische Absicht, ergriff fest die Hand, in der Wei Wuxian den Kerzenständer hielt und schob ihn zu ihm zurück. Vom hin- und herschieben flackerte das Licht und beschien Wei Wuxians Augen, die ein Lächeln umspielte. Seine Mundwinkel krümmten sich nach oben, als er sah, wie Lan Wangjis Adamsapfel sich leicht bewegte.

Genau in dem Moment erschraken die beiden für einen Moment.

»Ah!«, rief Wei Wuxian.

Der junge Herr Qin wirkte, als würde er einem gefährlichen Feind begegnen. »Was ist? Ist etwas mit der Kerze?«

Wei Wuxian war einen Moment lang sprachlos, ehe er antwortete: »Nein, die Kerze ist in Ordnung. Es wäre allerdings noch besser, wenn sie etwas heller brennen würde.« Dann meinte er an Lan Wangji gewandt: »Diese Hiebe gerade von Sizhui waren wirklich sehr gelungen. Aber sie klangen nicht wie die deines Clans und auch nicht wie die von meinem.«

Augenblicke später zog Lan Wangji die Augenbrauen zusammen. »Vielleicht handelt es sich um die Technik des Wen-Clans.«

Wei Wuxian begriff. »Wahrscheinlich hat Wen Ning sie ihm beigebracht. Auch gut.«

Während sie sprachen, riss der Lärm draußen einfach nicht ab. Es krachte und klirrte und wurde immer lauter, sodass sich die Miene des jungen Herrn Qin immer mehr verfinsterte. Auch Wei Wuxian fand das ein wenig eigenartig und rief nach draußen: »Sizhui, wir haben hier drinnen bereits so viel geredet. Selbst wenn du vorhattest, das Haus abzureißen, müsstest du doch langsam mal damit fertig sein, oder?«

Lan Sizhui antwortete: »Wei Qianbei, dieser bösartige Untote weicht all meinen Attacken überaus flink aus, und außerdem versteckt er sich die ganze Zeit vor mir!«

»Hat er Angst vor dir?«, wollte Wei Wuxian wissen.

»Nein, er kann kämpfen, aber er *will* anscheinend nicht gegen mich kämpfen!«

Wei Wuxian war verwundert. »Er will keine Unbeteiligten verletzen?«

Dann meinte er zu Lan Wangji: »Das ist wirklich interessant. Ich habe schon lange keinen bösartigen Untoten mehr getroffen, der so vernünftig ist.«

Der junge Herr Qin hingegen wurde unruhig. »Schafft er das? Wieso hat er ihn noch nicht besiegt?«

Noch bevor Wei Wuxian etwas erwidern konnte, sprach Lan Sizhui erneut: »Hanguang-Jun, Wei Qianbei, während sich die linke Hand des bösartigen Untoten in eine Kralle verwandelt hat, hat er die rechte zu einer Faust geballt. Er scheint etwas in der Hand zu halten!«

Wei Wuxian und Lan Wangji tauschten einen Blick aus. Wei Wuxian nickte leicht und Lan Wangji sagte: »Steck dein Schwert weg, Sizhui.«

Verdutzt erwiderte dieser: »Aber, Hanguang-Jun? Ich habe noch nicht gesehen, was er in der Hand ...«

»Macht nichts!« Wei Wuxian richtete sich auf. »Steck es ruhig weg. Es ist nicht nötig weiterzukämpfen.«

»Es ist nicht nötig weiterzukämpfen?«, fragte der junge Herr Qin.

Vor der Tür rief Lan Sizhui: »Jawohl!« Klirrend steckte er sein Schwert in die Scheide und sprang aus dem Weg.

Der junge Herr Qin verstand gar nichts mehr. »Was hat das zu bedeuten? Das Wesen ist immer noch da draußen und noch nicht fort!«

Wei Wuxian stand auf. »Es ist nicht mehr nötig weiterzukämpfen, weil die Sache fast erledigt ist. Es fehlt nur noch ein letzter Schritt.«

»Welcher?«, wollte der junge Herr Qin wissen.

Mit einem Tritt trat Wei Wuxian die Tür auf. »Dieser!«

Die beiden Holzflügel sprangen zur Seite. Eine dunkle Gestalt stand vor der Tür. Starr, mit wirrem Haar und einem schmutzigen Gesicht. Die weißen, nach oben gerollten Augäpfel sahen besonders Furcht einflößend aus.

Als der junge Herr Qin dieses Gesicht sah, veränderte sich seine Miene schlagartig. Er zog sein Schwert, während er hastig zurückwich.

Wie ein schwarzer Wind schnellte der bösartige Untote herein und packte mit der linken Hand seinen Hals.

Lan Sizhui kam herein und erschrak, als er die Szene erblickte. Er wollte dem jungen Herrn Qin gerade zu Hilfe eilen, als Wei Wuxian ihn aufhielt.

Lan Sizhui dachte sich, dass der junge Herr Qin zwar überaus stur und unsympathisch war, er aber dennoch nicht den Tod verdiente. Die beiden Qianbei würden sicher nicht nur dabei zusehen, wie ein bösartiger Untoter ihn umbrachte. Und dieser Gedanke beruhigte ihn ein wenig.

Die Finger des verstorbenen Dieners glichen Eisenringen. Von der Strangulation lief das Gesicht des jungen Herrn Qin violett an und seine Adern traten hervor. Mit seinem Schwert stach er unzählige Löcher in den Körper des bösartigen Untoten, doch es war, als würde er Papier durchbohren. Sein Angreifer zeigte keinerlei Reaktion.

Langsam hob der die rechte Faust und bewegte sie auf das Gesicht des jungen Herrn Qin zu. Es wirkte ganz so, als würde er ihn grün und blau schlagen wollen, bis seine Hirnsäfte herausspritzten.

Die anderen drei Anwesenden im Zimmer verfolgten alles gebannt.

Lan Sizhui konnte die Hand, in der er das Schwert hielt, kaum mehr zurückhalten.

Gerade als er dachte, dass dem jungen Herr Qin jeden Moment der Schädel platzen und er sterben würde, öffnete sich die zur Faust geballte Hand des bösartigen Untoten und zwischen seinen Fingern kam ein flacher, runder Gegenstand zum Vorschein.

Die Enden waren mit einer langen schwarzen Schnur verbunden. Der bösartige Untote zog sie dem jungen Herrn Qin über den Kopf.

Dieser war sprachlos, ebenso wie Lan Sizhui.

Der bösartige Untote brauchte drei Anläufe, bis er den Anhänger endlich irgendwie über den Kopf des jungen Herrn Qin bekam. Diese schwerfälligen, extrem unbeholfenen und steifen Bewegungen konnten einem wirklich ... nur schwerlich Angst einjagen.

Als der Hausherr und Lan Sizhui bemerkten, dass er überhaupt keine Tötungsabsicht hegte und daher auch nicht vorhatte, den jungen Herrn Qin mit der dünnen Schnur zu strangulieren, atmeten sie erleichtert auf.

Doch noch bevor sie ganz ausgeatmet hatten, schlug der bösartige Untote rasend schnell zu.

Es war ein überaus heftiger Schlag, von dem der junge Herr Qin einmal laut aufschrie, ehe ihm das Blut aus Mund und Nase spritzte, er in Ohnmacht fiel und auf dem Boden landete.

Der bösartige Untote drehte sich um und schien gehen zu wollen.

Lan Sizhui war fassungslos. Erneut hatte er die Hand an den Schwertgriff gelegt, fand das alles aber irgendwie absurd. Und es erschien ihm noch absurder, das Ganze ernst zu nehmen, sodass er nicht wusste, ob er angreifen sollte.

Wei Wuxian hingegen lachte sich halb tot und winkte dann ab. »Kümmere dich nicht darum, lass ihn einfach.«

Der bösartige Untote drehte sich zu ihm, schaute ihn kurz an und nickte. Dann zog er sein gebrochenes Bein hinter sich her und sprang humpelnd aus der Tür.

Fassungslos schaute Lan Sizhui der fliehenden Gestalt eine Weile nach, ehe er schließlich einwarf: »Wei Qianbei, das ... Ist es wirklich in Ordnung, wenn wir ihn einfach so gehen lassen?«

Lan Wangji beugte sich vor, um den im Gesicht blutenden jungen Herrn Qin zu untersuchen. »Ja.«

Lan Sizhuis Blick wanderte zurück zum jungen Herrn Qin. Erst jetzt kam ihm in den Sinn, sich den Gegenstand um dessen Hals genauer anzuschauen.

Es war doch tatsächlich ein Jadeanhänger.

Die rote Schnur, an der er befestigt war, hatte wohl viele Jahre im Dreck gelegen und sah nur deswegen so schwarz aus, weil sie schmutzig war. Die Jade hingegen war noch immer cremig weiß.

»Das ist …«

»Der Gegenstand ist zu seinem Besitzer zurückgekehrt«, stellte Wei Wuxian fest.

Nachdem Lan Wangji sichergegangen war, dass der junge Herr Qin nur bewusstlos war und nicht in Lebensgefahr schwebte, führten die beiden Lan Sizhui aus dem Qin-Anwesen. Dabei schloss Wei Wuxian freundlicherweise die Tür und die zwei Tore.

»Er hatte es nicht leicht«, meinte Lan Sizhui.

Wei Wuxian ritt auf Kleiner Apfel. »Was? Meinst du den jungen Herrn Qin? Mit nur einem Schlag des bösartigen Untoten ist diese Sache endgültig aus der Welt geschafft worden. Damit ist er ziemlich glimpflich davongekommen!«

Doch Lan Sizhui erwiderte: »Ich meinte nicht den jungen Herrn Qin, sondern den bösartigen Untoten. In den meisten aufgezeichneten Fällen über bösartige Geister und Untote, die ich gelesen habe, ging es darum, dass jemand zu Lebzeiten einen Groll auf eine Person hegte, weil sie ihm gegenüber undankbar gewesen war. Nach ihrem Tod trachtete er dieser Person dann nach dem Leben und spukte wie ein Wahnsinniger. Doch dieser bösartige Untote …«

Als sie am Haupttor ankamen, das bis zur Unkenntlichkeit zerkratzt worden war, drehte Lan Sizhui sich noch ein letztes Mal um. Er konnte es immer noch nicht ganz fassen. »Nach der Leichentransformation hat er zwei Jahre lang in den Bergen nach dem Jadeanhänger gesucht, den er zu Lebzeiten verloren hatte. Ich habe zum ersten Mal gesehen, wie jemand nicht zum bösartigen Untoten wurde, um Rache zu nehmen, sondern um so etwas zu tun.«

Wei Wuxian holte einen Apfel aus einer der Satteltaschen. »Deswegen hatte ich gesagt, dass ich schon lange kein bösartiges Wesen mehr gesehen habe, das so vernünftig ist. Eine Kreatur, die auch nur ein bisschen nachtragender gewesen wäre, hätte dem jungen Herrn Qin im besten Fall ein Bein abgetrennt und im schlimmsten Fall seine gesamte Familie ausgelöscht. So was kommt oft vor.«

Lan Sizhui dachte nach und sagte schließlich: »Qianbei, es gibt da noch eine Sache, die mir nicht ganz klar ist. War es denn nun der junge Herr Qin, der ihm sein Bein gebrochen hat? Ist er deswegen ausgerutscht und in den Tod gestürzt?«

»Ganz gleich, ob es so war oder nicht, er hat dem jungen Herrn Qin jedenfalls nicht die Schuld dafür gegeben«, antwortete Wei Wuxian.

»Ah, also gibt er sich wirklich mit diesem einen Schlag zufrieden?«, bohrte Lan Sizhui nach.

»Wie es scheint, ja«, meinte Lan Wangji.

Knackend biss Wei Wuxian ein Stück vom Apfel ab. »So ist es wohl. Wenn man nach dem Tod nicht in Frieden ruhen kann, dann liegt es daran, dass man mit etwas noch nicht abgeschlossen hat. Jetzt, da er ihn mit Obst beworfen, ihm den Jadeanhänger zurückgegeben und ihn auch noch verprügelt hat, konnte er endlich mit allem abschließen.«

»Es wäre so schön, wenn jede bösartige Kreatur so vernünftig wäre«, sagte Lan Sizhui.

Bei diesen Worten lächelte Wei Wuxian. »Was redest du nur für einen Unsinn, Junge. Sogar Menschen werden unvernünftig, sobald Hass in ihnen aufsteigt, und da hoffst du, dass bösartige Kreaturen vernünftig agieren? Du musst wissen, dass jeder auf dieser Welt glaubt, dass er ungerecht behandelt wird.«

Lan Wangji zog am Strick von Kleiner Apfel und sagte monoton: »Er hatte Glück.«

Wei Wuxian stimmte zu. »Allerdings. Dieser junge Herr Qin hatte wirklich großes Glück.«

Lan Sizhui hielt sich die ganze Zeit über zurück, bis er es schließlich nicht mehr ertrug und aufrichtig zugab: »Aber … Ich frage mich immer noch … ob ein Hieb nicht etwas zu wenig war …«

»Ha ha ha ha ha ha ha ha ha … «

Es war ungewiss, ob der junge Herr Qin sich noch nicht wieder vom Schlag des bösartigen Untoten erholt oder ob er endgültig die Hoffnung aufgegeben hatte, die er in Wei Wuxian gesetzt hatte, aber in den nächsten Tagen suchte er sie nicht mehr auf. Doch nach sieben Tagen erreichte sie eine Neuigkeit, die in der Stadt über ihn kursierte.

Es hieß, dass man eines Morgens plötzlich mitten auf der Straße den Leichnam eines jungen Mannes in einem zerschlissenen Totenhemd entdeckt hatte. Er sollte halb verrottet gewesen sein und bestialisch gestunken haben. Und gerade als die Menschen darüber diskutiert hatten, ob sie ihn in eine Bambusmatte wickeln und irgendwo ein Loch für ihn schaufeln und ihn so begraben sollten, hatte der junge Herr Qin freundlicherweise eine große Summe für ein ordentliches Begräbnis springen lassen. Eine Zeit lang hatte man ihn deshalb in den höchsten Tönen gelobt.

Als Lan Wangji und Wei Wuxian die Stadt verließen und am Qin-Anwesen vorbeikamen, war das Haupttor längst ausgewechselt worden. Es bestand nun aus zwei schwarz glänzenden, prächtigen Torflügeln. Die Menschen gingen ein und aus und von dem vorherigen Chaos und der Verlassenheit war nichts mehr zu sehen. Es ging wieder so munter und fröhlich zu wie eh und je.

Extrakapitel:

Der Eisenhaken

Wahrscheinlich war das Bai-Anwesen[*] hauptsächlich aufgrund des *Weißen Raums* so bekannt in dieser Gegend.

Ein Grund für seinen Namen war natürlich die Farbe seiner Wände. Als man den Raum gebaut hatte, war überall weißer Putz aufgebracht worden. Ursprünglich hatte der Besitzer vorgehabt, farbige Ornamente aufzutragen, dazu war es aber nie gekommen.

In den anderen Bereichen des Anwesens war alles reibungslos verlaufen, nur in diesem Raum im Westhof waren allerlei merkwürdige Dinge passiert, sodass man keine andere Wahl gehabt hatte, als die Arbeiten einzustellen.

Bis zum heutigen Tage harmonierte der Weiße Raum nicht mit den anderen, mit farbenfrohen Ornamenten verzierten Räumen des Bai-Anwesens. Er war so weiß, dass es schon schauerlich aussah.

»Ein Raum, verschlossen mit drei großen Schlössern und drei Türriegeln. Und egal wie heiß es im Sommer ist, in seiner Nähe ist es immer kühl, als befände man sich in einem Eishaus. Laut dem Oberhaupt der Familie Bai ist seinem Vater als Kind beim Spielen mal ein Ball zu der Tür des Raums gerollt. Als er ihn holen ging, trieb ihn die Neugierde dazu, durch den Türspalt zu linsen.«

Jin Ling erzählte die Geschichte, ohne die Miene zu verziehen – bis er sah, wie Wei Wuxian neben ihm seine Hand in einen Sarg steckte und die Augenlider des darin liegenden Toten öffnen wollte. Augenblicklich stockte er.

Wei Wuxian bemerkte das, drehte sich zu ihm und blickte ihn an. »Er hat durch den Türspalt gelinst, und weiter?«

Die Sprösslinge des Lan-Clans, die sich hinter ihm befanden, schauten ihn ebenfalls alle an.

Jin Ling brauchte einen Moment, eher er fortfuhr. »Er linste durch den Türspalt und erstarrte. Eine ganze Weile lang konnte er sich nicht regen, und als Mitglieder des Clans ihn entdeckten und fortzerren

[*] »Bai« bedeutet »weiß«.

wollten, fiel er in Ohnmacht. Er bekam hohes Fieber und erinnerte sich an nichts mehr. Seitdem hat er es nie mehr gewagt, sich diesem Zimmer zu nähern.«

»Nach Mitternacht darf niemand auf dem Anwesen seine Räumlichkeiten verlassen und herumlaufen. Und es darf sich erst recht niemand dem Weißen Raum nähern. Das ist eine wichtige Regel der Familie. Doch immer nach Mitternacht hört man das Knacken der alten Holzpaneele. Es klingt, als würde jemand durch den Raum gehen, obwohl ganz offensichtlich niemand dort drinnen ist. Und dann ist da noch etwas ...« Jin Ling ballte leicht seine Fäuste. Es wirkte, als hätte er Mordintentionen. »Das Geräusch von einem Hanfseil, das langsam enger gezogen wird, ganz so als würde man damit jemanden strangulieren.«

Vor einigen Tagen war ein Diener des Bai-Anwesens beim morgendlichen Putzen am Weißen Raum vorbeigekommen und hatte bemerkt, dass ein kleines, fingergroßes Loch in das dünne Papierfenster der Holztür gestochen worden war. Und auf dem Boden am Eingang hatte ein Mann gelegen. Ein Fremder, den niemand je zuvor im Anwesen gesehen hatte.

Er war etwa vierzig Jahre alt, sein Gesicht blau angelaufen und seine Venen waren deutlich hervorgetreten. Seine Finger waren tief in seiner Brust vergraben, er hatte längst sein Leben ausgehaucht.

Der Diener war beinahe zu Tode erschrocken ebenso wie der Hausherr. Schließlich war die örtliche Polizei zu dem Schluss gekommen, dass es sich bei dem Toten um einen nächtlichen Dieb handeln musste, der unglücklicherweise ausgerechnet in den verbotenen Bereich des Bai-Anwesens eingedrungen war. Er hatte etwas gesehen, das einen Herzinfarkt bei ihm ausgelöst hatte, sodass er an Ort und Stelle tot umgefallen war.

Um herauszufinden, worum es sich bei diesem »Etwas« nun eigentlich handelte, hatten sie sämtliche Absperrbänder und Schlösser entfernt und den Raum gründlich durchsucht. Sie tappten jedoch weiterhin im Dunkeln.

Da nun jedoch ein Mensch sein Leben gelassen hatte, wusste das Oberhaupt der Familie Bai, dass es nicht weiterhin so tun konnte, als wäre nichts im Weißen Raum. Würde man diese Angelegenheit nicht klären, würde das Konsequenzen nach sich ziehen. Daher hatte er die Zähne zusammengebissen, sich ein Herz gefasst und war mit einer großen Summe Geld zum Goldene Schuppen Plateau gegangen, um den Lanling-Jin-Clan um Hilfe zu bitten.

Das war die Hintergrundgeschichte.

Lan Jingyi hielt den Sargdeckel und brach beinahe zusammen. »Wei Qianbei, bist du fertig? Wie lange ist der bitte schon tot …? Nicht einmal Untote riechen so …«

Lan Sizhui ging ihm beim Halten des Deckels zur Hand. Er wusste nicht, ob er lachen oder weinen sollte. »Für den Sarg wurde einfaches Holz verwendet und es kümmert sich keiner um diese verwahrloste Sarghalle. Da war es erwartbar, dass der Leichnam hier tagelang herumgelegen hat. Halte durch, wir müssen noch Notizen machen.«

Jin Ling schnaubte. »Der Dieb kann froh sein, dass er überhaupt einen Sarg bekommen hat. Soll man ihn etwa auch noch wie einen Buddha anbeten?«

Nachdem Wei Wuxian eine ganze Weile lang im Leichnam herumgestochert hatte, schaute er schließlich auf und warf seine Handschuhe weg. »Seid ihr fertig mit schauen?«

»Ja!«

»Gut, dann erzählt mir mal, was der nächste Schritt ist«, forderte Wei Wuxian sie auf.

»Wir beschwören die Seele!«, antwortete Lan Jingyi.

Jin Ling schnaubte. »Als ob das nicht klar wäre, das habe ich längst versucht.«

»Wie lief es?«, wollte Wei Wuxian wissen.

»Der Mann hegte keinen starken Groll. Seine Seele war zu schwach, und dann ist er auch noch zu Tode erschreckt worden«, erklärte Jin Ling. »Seit seinem Dahinscheiden sind bereits über sieben Tage vergangen und mittlerweile hat sich seine Seele vollständig aufgelöst. Man kann sie nicht mehr beschwören.«

»Das ist ja genauso, als hättest du es gar nicht versucht ...«, sagte Lan Jingyi.

Hastig ging Lan Sizhui dazwischen. »Dann lasst uns den Weißen Raum inspizieren. Kommt, lasst uns gehen. Junger Herr Jin, sei doch bitte so gut und führe uns hin.« Während er sprach, schob er Lan Jingyi aus der Tür und verhinderte somit erfolgreich eine weitere sich anbahnende sinnlose Diskussionsrunde der beiden.

Die Jungen überquerten die Türschwelle der Sarghalle. Viele taten dies mit einem Sprung. Sie waren flink.

Obwohl Jin Ling vorgehen sollte, blieb er hinter ihnen zurück.

Lan Sizhui fragte Jin Ling: »Ist in der Vergangenheit im Bai-Anwesen jemand eines unnatürlichen Todes gestorben? Oder gibt es einen ungelösten Fall?«

»Der Besitzer behauptet felsenfest, dass nichts dergleichen vorgefallen ist. Die wenigen alten Menschen, die verschieden sind, sollen alle eines natürlichen Todes gestorben sein, und zwischen den Menschen im Bai-Anwesen gibt es auch keinen Zwist.«

»Verdammt, ich habe eine böse Vorahnung. Wenn man so etwas behauptet, heißt es normalerweise, dass es ganz sicher irgendwo Streit gab und man einfach nur nicht mit der Sprache herausrücken will«, meinte Lan Jingyi.

»Auf jeden Fall habe ich mehrfach nachgefragt, um mich zu vergewissern. Aber ich habe nichts in Erfahrung bringen können und auch nichts über ungewöhnliche Phänomene gehört. Ihr könnt es aber ja noch mal versuchen«, schlug Jin Ling vor.

Da er seine Pflicht bereits erfüllt und den Weißen Raum mehrmals inspiziert hatte, betrat er nicht mit den anderen das Anwesen, sondern suchte sich stattdessen draußen einen Teestand, an dem er sich niederließ. Kurz darauf kam eine schwarz gekleidete Gestalt auf ihn zu und sprach ihn an.

»Jin Ling.« Wei Wuxian setzte sich ihm gegenüber.

Sie waren zwei außergewöhnliche Persönlichkeiten. Während sie zusammen an dem kleinen Teestand saßen, fielen sie so sehr auf, dass die Kellnerinnen trotz der vielen Arbeit nicht umhinkamen, sich wiederholt nach ihnen umzudrehen.

Es war das erste Mal seit dem Abschied beim Guanyin-Tempel, dass Wei Wuxian Jin Ling wiedersah, und er kam erst jetzt dazu, sich mit ihm allein zu unterhalten.

Jin Ling hielt kurz inne, seine Miene war nicht zu deuten. »Was ist?«

»Wie geht es dir auf dem Goldene Schuppen Plateau?«

»So wie immer.«

Das Oberhaupt der Familie Bai hatte einiges auf sich genommen, um zum Goldene Schuppen Plateau zu gelangen und ihn um Hilfe zu bitten. Noch vor wenigen Jahren hatte der Lanling-Jin-Clan wie die Sonne am Himmel gethront. Wahrscheinlich hätte das Oberhaupt zu der Zeit nicht einmal dann einen Angehörigen des Lanling-Jin-Clans um Hilfe bitten können, wenn die Belohnung zehnmal so hoch ausgefallen wäre. Ganz gewöhnliche Händler wie die Familie Bai, die zwar Geld, aber weder Macht noch Ansehen besaßen, hätten nicht mal einen Fuß auf das Goldene Schuppen Plateau setzen können – ganz zu schweigen davon, den Clan um Hilfe zu bitten. Doch jetzt war in der Kultivierungswelt nichts mehr wie früher und auch wenn die gewöhnliche Bevölkerung keine Details kannte, so war ihr doch einiges zu Ohren gekommen. Und genau deshalb hatte das Oberhaupt der Familie Bai sein Glück versucht.

Nervös war es zum Haupttor gegangen, hatte seine Visitenkarte überreicht und sein Anliegen vorgetragen. Die Wache hatte seine Bestechung angenommen und widerwillig Bericht erstattet.

Als sie zurückkam, hatte sich ihre Haltung jedoch nicht verändert und sie verkündete, dass das Oberhaupt des Lanling-Jin-Clans ihm seine Bitte abschlug. Anschließend verscheuchte sie ihn.

Das Oberhaupt der Familie Bai hatte sowieso nicht wirklich damit gerechnet, dass der Clan sich seiner Bitte annehmen würde, sodass es ihm nichts ausmachte zu gehen. Er regte sich allerdings über das furchtbare Benehmen der Wache auf, nachdem sie ja sein Bestechungsgeld angenommen hatte, und forderte es daher zurück. Und gerade als sie sich stritten, schritt ein schöner Junge in einer *Sterne-im-Schnee*-Robe mit einem Bogen im Arm durch das zinnoberrote Tor. Als er die Szene mitbekam, runzelte er augenblicklich die Stirn und erkundigte sich nach dem Grund für den Streit.

Die Wache geriet ins Stottern.

Als das Oberhaupt der Familie Bai erkannte, dass der Junge trotz seines jungen Alters wohl eine hohe Position bekleidete, erzählte es ihm hastig alles.

Nachdem der Junge sich alles angehört hatte, wurde er so wütend, dass er die Wache mit einem Schlag vom Goldene Schuppen Plateau herunter beförderte und schimpfte: »Das Oberhaupt des Lanling-Jin-Clans meinte also, du sollst ihn vertreiben? Und warum weiß ich dann nichts davon?!« Anschließend drehte er sich um. »Deine Familie ist die Bai-Familie, die zehn Kilometer westlich von der Stadt ihren Wohnsitz hat, oder? Das habe ich mir gemerkt. Du kannst schon mal zurückgehen, in ein paar Tagen wird dich jemand aufsuchen.«

Verwirrt ging das Oberhaupt der Familie Bai nach Hause.

Einige Tage später suchte ihn tatsächlich eine Gruppe Kultivierungsschüler auf, ohne dass er wusste, dass sich darunter auch das Oberhaupt des Lanling-Jin-Clans befand.

Natürlich hätte er erst recht nicht wissen können, dass der Lanling-Jin-Clan aktuell im Chaos versank. Die Wache hatte überhaupt nicht das wahre Oberhaupt, nämlich Jin Ling, informiert, sondern einen Zhangbei*. Als dieser gehört hatte, dass es inzwischen selbst ein gewöhnlicher Händler wagte, die goldenen Stufen des Lanling-Jin-Clans zu erklimmen, war er derart erzürnt gewesen, dass er entschieden hatte, ihn zu verscheuchen.

Wie der Zufall es jedoch gewollt hatte, hatte Jin Ling das mitbekommen, als er gerade auf dem Weg zum Jagdplatz gewesen war.

Jin Ling wusste natürlich, dass die Zhangbei sich viel auf sich einbildeten. Sie waren stolz darauf, einem altehrwürdigen Clan anzugehören, und würden sich niemals herabwürdigen und jemanden empfangen, der keine hohe Position bekleidete.

Jin Ling hatte dieses Verhalten schon immer zutiefst verabscheut und war wütend gewesen, weil die Wache ihn wie Luft behandelt und übergangen hatte. Sie hatte sich einfach an jemand anderen gewandt. Zudem hatte kein Clanmitglied oder Gastkultivierer es zu Jin Guangyaos Lebzeiten gewagt, Bestechungsgelder anzunehmen. Je mehr er darüber nachgedacht hatte, desto wütender hatte ihn das alles gemacht. Und da er diesen Monat ohnehin mit Lan Sizhui, Lan Jingyi und den anderen zur Nachtjagd verabredet war, hatten sie sich gemeinsam zur Familie Bai begeben.

Wenn er ganz ehrlich war, konnte er nicht behaupten, dass er nicht mit Wei Wuxian gerechnet hatte. Auch wenn Jin Ling niemandem von seinen Problemen erzählt hatte, so waren doch zahlreiche Augenpaare auf das Goldene Schuppen Plateau gerichtet. Es wurde so viel getratscht, dass Wei Wuxian und Lan Wangji längst einiges zu Ohren gekommen war.

Wei Wuxian wusste natürlich, dass Jin Ling keine Schwäche zeigen wollte, und meinte daher lediglich: »Wenn etwas sein sollte, frag deinen Onkel um Rat.«

* Ein Zhangbei ist jemand, der (eine Generation) älter, in der Hierarchie höher oder erfahrener und der i. d. R. mit einem verwandt ist.

»Er gehört nicht zum Jin-Clan«, entgegnete Jin Ling kalt.

Dieser Satz überraschte Wei Wuxian. Er verstand jedoch, was hinter seinen Worten steckte, und war sich nicht sicher, ob er lachen oder weinen sollte. Er hob die Hand und verpasste Jin Ling einen Schlag auf den Hinterkopf. »Achte auf deine Worte!«

Mit einem »Autsch« bröckelte endlich Jin Lings starre Fassade, die er die ganze Zeit über verzweifelt aufrechterhalten hatte. Auch wenn der Schlag überhaupt nicht geschmerzt hatte, schien Jin Ling eine große Schmach erlitten zu haben. Besonders als er das Kichern der Kellnerinnen hörte, war er überaus beschämt. Er fasste sich an den Kopf und brüllte: »Warum schlägst du mich?!«

»Ich habe dich geschlagen, damit du auch mal an deinen Onkel denkst. Er ist niemand, der sich gern in die Angelegenheiten anderer einmischt. Und doch ist er deinetwegen zu den anderen Clans gegangen, hat sich dort aufgespielt und sich mit ihnen angelegt, wofür er zahlreiche Kommentare einstecken musste. Hätte er gehört, was du da gerade von dir gegeben hast, hätte ihn das sicher sehr verletzt.«

Jin Ling erschrak und erwiderte dann wütend: »Das habe ich doch gar nicht so gemeint! Ich ...«

»Und was hast du dann gemeint?«

»Ich! Ich ...«

Das erste »Ich« war voller Selbstbewusstsein, das zweite hingegen schon weniger.

Wei Wuxian sprang ein: »Ich ... helfe dir mal weiter. Was du sagen wolltest, war: Auch wenn Jiang Cheng dein Onkel ist, so ist er aus Sicht des Lanling-Jin-Clans immer noch ein Außenstehender. Dir zuliebe hat er sich einige Male eingemischt, aber wenn man zu sehr in die Angelegenheiten eines anderen Clans eingreift, so werden das die anderen in Zukunft als Ausrede benutzen, um ihn zu denunzieren. Und das wiederum würde ihn in Schwierigkeiten bringen. Richtig?«

Jin Ling war sauer. »Ach, was du nicht sagst! Dann weißt du das doch alles! Und trotzdem schlägst du mich?!«

Wei Wuxian schlug ihn noch einmal. »Genau, so ist es! Kannst du dich nicht vernünftiger ausdrücken? Wieso hört sich etwas an sich lieb gemeintes aus deinem Mund nur so grauenvoll an?!«

Jin Ling hatte seine Hand immer noch an seinem Kopf und brüllte: »Wenn Lan Wangji nicht da ist, schlägst du mich also!«

»Würdest du mir glauben, wenn ich dir sage, dass ein Wort von mir genügen würde und er würde mir dabei helfen, dir Verstand einzuprügeln?«

Jin Ling konnte es nicht fassen. »Aber ich bin ein Clanoberhaupt!«

Wei Wuxian lachte verächtlich. »Du bist nicht das erste Oberhaupt, das ich schlage.«

Jin Ling sprang auf und wollte wegstürmen. »Wenn du mich noch mal schlägst, gehe ich!«

»Nicht doch!« Wei Wuxian packte ihn hinten am Kragen, hob ihn wie ein Kätzchen hoch und bugsierte ihn zurück zum Stuhl. »Ich schlage dich nicht mehr, setz dich ordentlich hin.«

Jin Ling war in Alarmbereitschaft und nahm erst Platz, als er merkte, dass Wei Wuxian tatsächlich nicht mehr die Absicht hatte, ihn zu schlagen.

Als eine Kellnerin bemerkte, dass der Trubel endlich vorüber war, lächelte sie und schenkte ihnen heißes Wasser nach. Wei Wuxian nahm seine Teeschale und trank einen Schluck, als er plötzlich sagte: »A-Ling.«

»Was?«, fuhr Jin Ling ihn an.

Doch Wei Wuxian lächelte nur und meinte: »Du bist um einiges erwachsener geworden.«

Jin Ling war verblüfft.

Wei Wuxian strich sich übers Kinn. »Du wirkst, hm ... verlässlicher. Das freut mich sehr, aber ich bin auch ein wenig ... hm, wie soll ich es nur formulieren? Na ja, eigentlich war es ganz niedlich, wie töricht du dich benommen hast.«

Jin Ling wurde wieder ein wenig unruhig.

Wie aus dem Nichts streckte Wei Wuxian plötzlich seine Hand aus und drückte kurz seine Schulter, dann fuhr er Jin Ling wild durch die Haare. »Aber so oder so, sobald ich dich Bengel sehe, freue ich mich einfach, ha ha!«

Jin Ling scherte sich nicht darum, wie durcheinander seine Haare waren, sprang vom Stuhl auf und stürmte davon. Mit einem weiteren Nackengriff holte Wei Wuxian ihn zurück. »Wo willst du hin?«

Selbst Jin Lings Hals war rot angelaufen. Ruppig antwortete er: »Ich sehe mir den Weißen Raum an!«

»Hast du ihn dir nicht schon angeschaut?«

»Ich! Schau! Ihn! Mir! Noch! Mal! An!«

»Du hast ihn doch schon mehrfach inspiziert. Es wird wahrscheinlich keine neuen Erkenntnisse bringen, wenn du es erneut tust. Möchtest du nicht lieber etwas anderes für mich untersuchen?«

Jin Ling hatte befürchtet, dass Wei Wuxian mit dem Kitsch weitermachen würde. Lieber kassierte er Ohrfeigen, als dass ihm jemand den Kopf streichelte, seine Schulter drückte und ihn mit netten Worten überschüttete.

Er erinnerte sich daran, wie Wei Wuxian in aller Öffentlichkeit laut herausposaunt hatte, dass er mit Hanguang-Jun schlafen wolle. Es war gänzlich unvorhersehbar, was sonst noch aus seinem Mund kommen würde. Hastig meinte er daher: »Gut! Was soll ich tun?«

»Bring in Erfahrung, ob es hier eine seltsame Gestalt gibt, die Dutzende Messerschnitte im Gesicht aufweist und deren Augenlider und Lippen weggeschnitten wurden«, trug Wei Wuxian ihm auf.

Auf Jin Ling machte es nicht den Anschein, als würde er Unsinn reden, also erwiderte er: »Kann ich machen, aber wieso willst du denn so etwas ...«

»Ihr meint doch sicher *Hakenhand*«, sagte plötzlich wie aus dem Nichts die Kellnerin, die ihnen gerade Wasser nachschenkte.

Wei Wuxian drehte sich zu ihr um. »Hakenhand?«

»Genau.« Wahrscheinlich hatte die Kellnerin die ganze Zeit über amüsiert zugehört und jetzt, wo sich ihr eine Gelegenheit bot, mischte sie sich sofort ein. »Jemand ohne Mund und Augenlider, das ist doch wohl er. Junger Herr, Eurem Akzent nach zu urteilen stammt Ihr nicht von hier, da ist es ein Wunder, dass Ihr diese Person kennt.«

Jin Ling meinte: »Ich stamme von hier und habe noch nie von ihr gehört.«

»Aber Ihr seid jung, da ist es nicht ungewöhnlich, dass Ihr noch nie von ihr gehört habt. Früher war sie sehr bekannt«, erklärte die Kellnerin.

»Bekannt? Wofür?«, wollte Wei Wuxian wissen.

»Für nichts Gutes. Die Mutter meiner Großtante hat mir von diesem Mann erzählt, als ich noch ein Kind war. Da könnt ihr euch denken, wie lange die Geschichte her ist. Ich weiß nicht, wie Hakenhand in Wirklichkeit hieß, aber es handelte sich um einen Schmied. Er besaß zwar hohe Fertigkeiten, war jedoch trotzdem arm. Außerdem war er durchaus attraktiv und ein redlicher Mensch. Er hatte eine wunderschöne Frau, die er gut behandelte. Sie hingegen war nicht sonderlich gut zu ihm und hatte eine Affäre. Sie wollte ihren Mann nicht mehr, also hat sie ihn ... einfach umgebracht!«, erzählte die Kellnerin.

Offenbar hatte die Geschichte der Kellnerin als Kind so große Angst gemacht, dass sowohl ihr Tonfall als auch ihre Miene hervorragend passten, um nun anderen Furcht einzujagen. Verängstigt dachte Jin Ling: *Das Herz einer Frau ist doch wirklich wahrhaft teuflisch!*

Wei Wuxian hingegen, der regelmäßig mit bösartigen Untoten und grollenden Geistern zu tun hatte, hatte bereits unzählige solcher Geschichten gehört. Er war so abgehärtet, dass er seine Wange in die Hand legte und mit ausdrucksloser Miene zuhörte.

Die Kellnerin fuhr fort: »Die Frau befürchtete, dass man den Leichnam ihres Mannes wiedererkennen würde. Also trennte sie ihm die Augenlider ab und verunstaltete sein Gesicht mit Dutzenden Messerhieben. Dann erblickte sie in seiner Schmiede auf dem Tresen einen Eisenhaken, den er gerade erst angefertigt hatte. Und weil sie besorgt war, dass er sie nach seinem Tod vor einem Richter der Unterwelt anklagen würde, nahm sie den Haken und riss ihm damit die Zunge raus ...«

Plötzlich rief jemand anderes am Teestand: »Wie konnte seine Frau so etwas fertigbringen?! Wie konnte sie ihren Mann nur auf so eine rabiate Weise töten?!«

Jin Ling war gerade in die Erzählung vertieft gewesen, sodass ihn die Stimme aufschrecken ließ. Als er sich umdrehte, bemerkte er, dass Lan Sizhui, Lan Jingyi und die anderen das Bai-Anwesen verlassen hatten, hinter ihm standen und ebenfalls gebannt lauschten.

Es war Lan Jingyi gewesen, dem soeben der Satz herausgeplatzt war.

»Ach, so laufen Geschichten zwischen Männern und Frauen doch immer ab«, meinte die Kellnerin. »Egal ob es jemandem nur ums Geld geht oder ob jemand ein romantisches Abenteuer sucht, für Außenstehende ist so etwas immer schwer zu beurteilen. Jedenfalls warf diese schreckliche Frau den im Sterben liegenden Schmied, der mittlerweile weder einem Menschen noch einem Geist glich, heimlich in das Massengrab westlich der Stadt. Raben lieben verrottendes Menschenfleisch, doch als sie sein Gesicht sahen, wagten sie es nicht, an ihm herumzupicken ...«

Jemand wie Lan Jingyi, den Geschichten schnell emotional mitrissen, war das perfekte Publikum. »Das ... ist ja ungeheuerlich ... wahrhaft ungeheuerlich! Hat das Karma denn nicht zurückgeschlagen?«

»Doch! Natürlich. Und obwohl sie den Schmied derart zugerichtet hatte, war er doch tatsächlich noch am Leben. Eines nachts kroch er aus dem Grab und kehrte heim. Dort schlitzte er seiner seelenruhig schlafenden Frau mit einem Haken *so*«, die Kellnerin zerteilte mit ihrer Hand blitzartig die Luft, »die Kehle auf.«

Emotionen vermischten sich auf den Gesichtern der jungen Kultivierer. Einerseits lief es ihnen eiskalt den Rücken herunter, andererseits wollten sie aber auch erleichtert aufatmen. Doch die Kellnerin sprach weiter. »Nachdem er seine Frau getötet hat, zerschnitt er ihr ebenfalls das Gesicht und riss ihr die Zunge mit dem Haken heraus. Aber sein Groll ebbte nicht ab, sodass er anschließend jede schöne Frau umbrachte, die er sah!«

Lan Jingyi erschrak. Er war überaus bestürzt. »Das ist aber nicht angebracht. Dass er Rache genommen hat, kann man ja noch nachvollziehen, aber die anderen schönen Frauen haben ihm doch gar nichts getan?!«

»Stimmt«, sagte die Kellnerin. »Aber sein Gesicht war unfassbar verunstaltet, und jedes Mal, wenn er einer schönen Frau begegnete, erinnerte sie ihn an seine Frau und Hass kochte in ihm hoch. Was hätte er deiner Meinung nach tun sollen? Jedenfalls trauten sich junge Frauen damals für eine sehr lange Zeit nicht mehr alleine hinaus, sobald es draußen nur ein wenig dunkler wurde. Und selbst wenn sie nicht ausgingen, waren weder ihre Väter, Brüder oder Ehemänner im Haus, wagten sie es nicht einmal, ihre Augen zu schließen, weil von Zeit zu Zeit Leichname von Frauen auf die Straßen geworfen wurden, denen man mit einem Haken die Zunge herausgerissen hatte.«

»Wurde er nie gefasst?«, fragte Jin Ling.

»Nein. Nachdem der Schmied seine Frau getötet hatte, ist er verschwunden, und er wohnte auch nicht mehr in dem Haus, in dem sie zusammen gelebt hatten. Er wirkte, als wäre er von einem Geist besessen und verschwand häufig genauso plötzlich, wie er auftauchte. Wie hätte ein gewöhnlicher Mensch so jemanden fassen können? Jedenfalls habe ich gehört, dass man ihn erst viele Jahre später zur Strecke bringen konnte. Und erst als diese Sache aus der Welt geschafft war, konnten die Menschen wieder ruhig schlafen! Amitabha*, dem Himmel sei Dank.«

* Amitabha ist ein Buddha, der in China besonders verehrt wird. Sein Name wird häufig im Gebet oder im Lob ausgerufen, ähnlich wie bei uns »Halleluja«.

Nachdem sie den Teestand hinter sich gelassen hatten und zur Sarghalle zurückkehrt waren, meldete sich Lan Sizhui zu Wort. »Wei Qianbei, gibt es einen Zusammenhang zwischen Hakenhand, über den du plötzlich Nachforschungen anstellen wolltest, und der bösartigen Kreatur im Bai-Anwesen?«

»Aber natürlich«, bestätigte Wei Wuxian seine Annahme.

Jin Ling konnte sich den Zusammenhang zwar ungefähr denken, fragte aber dennoch: »Inwiefern?«

Wei Wuxian nahm erneut den Deckel des Sargs ab, in dem sich der Leichnam des Diebs befand. »Die Verbindung findet sich am Leichnam des Verbrechers.«

Wieder hielten sich die Sprösslinge die Nase zu.

»Ich habe ihn bereits mehrmals untersucht«, meinte Jin Ling.

Wei Wuxian zog ihn zu sich. »Und offenbar hast du nicht gründlich genug hingesehen.«

Er klopfte Jin Ling erst auf die Schulter und übte dann Druck auf sie aus, sodass Jin Lings Kopf sich nun direkt vor dem des aschfahlen Diebs mit den weit aufgerissenen Augen befand.

Ein furchtbarer Gestank stieg Jin Ling entgegen und Wei Wuxian wies ihn an: »Sieh dir seine Augen an.«

Jin Ling kniff die seinen leicht zusammen und starrte in die leblosen Pupillen. Ein Blick genügte, dass ihn von den Füßen bis zu den Haarspitzen ein kalter Schauer durchfuhr.

Lan Sizhui merkte, dass etwas nicht stimmte, und beugte sich ebenfalls vor.

Die Silhouette, die sich in den schwarzen Pupillen des Leichnams spiegelte, war nicht seine eigene. Er sah ein fremdes Gesicht, das beinahe die ganze Pupille ausfüllte. Die Haut war uneben und von Messerschnitten übersät. Es hatte weder Augenlider noch Lippen.

Hinter ihm sprang Lan Jingyi auf und ab. Er schien zwar ebenfalls schauen zu wollen, sich aber wohl nicht zu trauen. »Sizhui, w... was siehst du?«

Lan Sizhui winkte ab. »Komm nicht rüber.«

»Ah!« Hastig wich Lan Jingyi mehrere große Schritte zurück.

Schließlich hob Lan Sizhui den Kopf. »Jetzt, wo ich darüber nachdenke, von solchen Phänomenen habe ich schon mal in Volkssagen gehört. Manchmal soll das, was man kurz vor dem Tod gesehen hat, von den Augen ›aufgezeichnet‹ werden. Ich hätte nicht gedacht, dass da etwas Wahres dran ist.«

»Das passiert nur gelegentlich. Der Dieb hat sich zu Tode erschrocken. Und was auch immer ihm solch eine Angst eingejagt hat, es hat sich so tief in seine Augen eingebrannt, dass es kaum auszulöschen ist. Nur deswegen funktioniert das. Bei einem anderen Vorfall wäre wahrscheinlich nichts aufgezeichnet worden, und wenn die Leiche in einigen Tagen vollständig verrottet, sieht man wahrscheinlich auch nichts mehr«, erklärte Wei Wuxian.

Jin Ling hegte immer noch Zweifel. »Kann man dem denn wirklich Glauben schenken, wenn es so unbeständig und dazu auch noch eine Volkssage ist?«

»Das kann man ja ausdiskutieren, nachdem man sie untersucht und sich damit befasst hat. Es ist auf jeden Fall besser, als rumzusitzen und nichts zu tun.« Davon war Wei Wuxian überzeugt.

Wie man es auch betrachtete, es war immerhin ein Fortschritt.

Lan Sizhui beschloss, sich das Massengrab westlich der Stadt anzusehen. Wei Wuxian begleitete ihn. Die anderen hingegen stellten Untersuchungen zu Hakenhand an. Schließlich konnte man sich nicht sicher sein, wenn man etwas nur vom Hörensagen kannte, und je mehr sie herausfanden, desto besser.

Jin Ling hatte Lan Jingyi noch nie leiden können, zudem dachte er sich, dass der Ort, an den Wei Wuxian ging, sicher geeigneter dafür war, um Erfahrungen zu sammeln. Dann aber kam ihm in den Sinn, dass die anderen sich in Lanling nicht auskannten und ohne seine Führung sicher

Schwierigkeiten bekämen, sodass er ohne Diskussion zustimmte, sich ihnen anzuschließen. Die Informationen, die sie durch ihre Befragungen erhielten, unterschieden sich im Wesentlichen nicht von dem, was die Kellnerin ihnen erzählt hatte. Überall kursierte mehr oder weniger die gleiche Version der Geschichte, sodass Jin Ling und die anderen abends erst einmal zum Bai-Anwesen zurückkehrten.

Die Dämmerung brach herein.

Obwohl Jin Ling bereits einige Runden in der Haupthalle des Bai-Anwesens gedreht und sich einige Male mit Lan Jingyi gestritten hatte, waren Wei Wuxian und Lan Sizhui immer noch nicht zurück. Er wollte sie gerade westlich der Stadt suchen gehen, als plötzlich krachend das Tor aufgestoßen wurde.

Lan Sizhui stürmte herein. In der Hand hielt er einen Gegenstand, der heiß zu sein schien, sodass er ihn augenblicklich fallen ließ, sobald er die Türschwelle passiert hatte.

Der Gegenstand war handtellergroß und von mehreren Schichten gelber Talismane umwickelt. Feuchte, scharlachrote Farbe sickerte hindurch, sodass sich auf der Oberfläche des Papiers blutige Flecken bildeten.

Wei Wuxian folgte Lan Sizhui. Ohne jede Eile überschritt er die Türschwelle. Er sah, wie sich die anderen um den Gegenstand herum scharten und vertrieb sie sofort. »Weg da! Das ist gefährlich!«

Die Sprösslinge stoben auseinander.

Der Gegenstand schien eine zersetzende Eigenschaft zu besitzen. Das Talismanpapier, in das er eingewickelt war, löste sich langsam auf und zum Vorschein kam ...

Ein rostiger Eisenhaken!

Er war jedoch nicht nur rostig, sondern auch noch tiefrot. Ganz so, als wäre er gerade erst aus einem bluttriefenden Körper gezogen worden.

»Hakenhands Eisenhaken?«, fragte Jin Ling.

Auf Lan Sizhuis Robe befanden sich Brand- und Blutspuren. Er war etwas außer Atem und sein Gesicht leicht gerötet. »Genau! Etwas hat von ihm Besitz ergriffen, ihr dürft ihn auf keinen Fall berühren!«

In diesem Moment begann der Haken heftig zu vibrieren.

»Schließt das Tor!«, rief Lan Sizhui. »Lasst ihn nicht entkommen! Ich weiß nicht, ob ich ihn wieder einfangen kann, wenn er flieht!«

Hastig eilte Lan Jingyi als Erster zum Tor, um es mit einem Knall zu schließen. Er presste seinen Rücken dagegen und schrie: »Talismane! Setzt eure Talismane ein, schnell!«

Augenblicklich prasselten Hunderte Talismane auf den Eisenhaken ein.

Hätte Jin Ling die Bewohner des Bai-Anwesens nicht im Vorfeld weggeschickt, sodass sie sich gerade alle im Osthof versteckten, hätte der Anblick der lichterlohen Flammen und das wilde Zischen der weißen Blitze ihnen sicher Angst eingejagt.

Kurz darauf waren alle Talismane aufgebraucht.

Doch noch bevor die Menge erleichtert aufatmen konnte, tropfte erneut Blut vom Eisenhaken.

Sie durften keinen Moment lang innehalten!

Auch Lan Sizhui hatte keine Talismane mehr bei sich. Er hörte, wie Lan Jingyi schrie: »Küche! Geht in die Küche! Salz, Salz! Bringt Salz!«*

Seiner Aufforderung folgend rannten einige der Jungen in die Küche, schnappten sich einen Salzkrug und warfen den schneeweißen Inhalt auf den Haken.

Aber das verschlimmerte die Situation nur!

Als hätte man ihn in kochendes Öl geworfen, bildeten sich weiße Blasen auf dem rostigen Haken und er dampfte.

Ein Geruch erfüllte die Haupthalle, der dem von verrottetem, verkohltem Fleisch glich. Die Salzkörner saugten allmählich das Blut auf dem Haken auf, sodass es eine trockene Kruste bildete.

* In China glaubt man, dass man mit Salz böse Geister vertreiben kann.

Einer der Jungen meinte: »Das Salz ist nun ebenfalls aufgebraucht! Was machen wir jetzt?«

Lan Jingyi sah, wie frisches Blut aus dem Haken strömte und wusste, dass es so nicht weitergehen konnte. »Dann müssen wir ihn eben schmelzen!«

»Das können wir nicht!«, warf Jin Ling ein.

Doch Lan Sizhui widersprach: »Gut, wir schmelzen ihn!«

Sofort zog er die äußere Schicht seiner Robe aus, warf sie über den Haken und wickelte ihn darin ein. Er stürmte mit dem Bündel in die Küche, wo er es mit Schwung in den Ofen schmiss.

Als Jin Ling das sah, tobte er. »Lan Sizhui! Es reicht doch schon, dass Lan Jingyi so blöd ist, du musst es ihm nicht auch noch gleichtun! Wie willst du ihn mit dem bisschen Feuer schmelzen?!«

Wütend fuhr Lan Jingyi ihn an: »Wen nennst du hier blöd? Was soll das heißen, es reicht doch schon, dass ich so blöd bin?!«

»Wenn das Feuer nicht groß genug ist, fachen wir es eben weiter an!«, meinte Lan Sizhui.

Er machte ein Handzeichen, woraufhin die Flammen augenblicklich aufloderten und eine sengende Hitze verströmten!

Die anderen begriffen sofort und machten es ihm nach. Auch Jin Ling und Lan Jingyi hatten keine Zeit mehr, sich zu streiten, konzentriert formten sie Handzeichen.

Das Feuer im Ofen loderte hoch auf. Es brannte in einem Knallrot, das von den Gesichtern der Jungen reflektiert wurde, sodass die nun die gleiche Farbe annahmen.

Während sie lange in höchster Alarmbereitschaft warteten, verschwand der Eisenhaken allmählich im sengenden Feuer. Als schließlich nichts mehr von ihm zu sehen war, fragte Lan Jingyi nervös: »Ist es vorbei? Ist es vorbei?«

Lan Sizhui seufzte. Dann trat er vor, um nachzusehen. Anschließend drehte er sich wieder um. »Der Eisenhaken ist nicht mehr da.«

Wenn der Gegenstand fort war, müsste das natürlich auch für die grollende Energie gelten.

Alle atmeten erleichtert auf, ganz besonders Lan Jingyi, der sich am meisten freute. »Ich habe doch gesagt, dass wir ihn schmelzen sollen. Offensichtlich ging es doch, ha ha ha ha ...«

Während er sich freute, war Jin Ling deprimiert. Bei dieser Nachtjagd war er keine große Hilfe gewesen und Erfahrungen hatte er auch nicht wirklich gesammelt. Das regte ihn insgeheim auf und er dachte sich, dass es doch besser gewesen wäre, wenn er mit Wei Wuxian und Lan Sizhui den Eisenhaken gesucht hätte. Nächstes Mal würde er sicher nicht mehr die Handlangerdienste verrichten.

Unerwarteterweise meinte Wei Wuxian jedoch: »Ihr seid zu nachlässig. Wie könnt ihr denn an diesem Punkt schon sicher sein, dass es vorbei ist? Solltet ihr euch nicht lieber noch mal vergewissern?«

Bei diesen Worten kam Jin Lings Energie zurück. »Wie?«

»Einer sollte eine Nacht im Weißen Zimmer schlafen«, sagte Wei Wuxian.

Keiner der Sprösslinge sagte etwas.

Wei Wuxian fuhr fort: »Erst wenn man eine Nacht dort verbracht hat und einem wirklich nichts passiert ist und auch keine sonderbaren Dinge vorgefallen sind, kann man sich sicher sein, dass es wirklich vorbei ist, oder etwa nicht?«

»Wer sollte sich dafür schon bereit erklären ...«, warf Lan Jingyi ein.

Jin Ling meldete sich jedoch sofort. »Ich mache es!«

Wei Wuxian musste nicht hellsehen können, um Jin Lings Gedanken zu durchschauen. Lächelnd tätschelte er ihm den Kopf. »Zeig uns, was du kannst – wenn du die Gelegenheit dazu hast.«

»Fass meinen Kopf nicht an«, entgegnete Jin Ling unzufrieden. »Man darf die Köpfe von Männern nicht einfach so berühren. Hast du noch nie davon gehört?«

»Das hast du doch bestimmt von deinem Onkel. Da muss man nicht drauf hören«, erwiderte Wei Wuxian.

»Hey!« Jin Ling war überrascht. »Wer hat denn vorhin gesagt, dass ich ihn um Rat fragen soll, wenn etwas ist?!«

Im Bai-Anwesen hatte man Essen und Schlafplätze für sie vorbereitet.

Jin Ling übernachtete allein im Weißen Zimmer, während der Rest der Gruppe am Abend im Osthof blieb.

Wie immer hielten sich die Mitglieder des Gusu-Lan-Clans strikt an die Schlaf- und Aufwachzeiten, sodass sie am nächsten Morgen in aller Frühe aufstanden.

Bevor Lan Sizhui zu dieser Nachtjagd aufgebrochen war, hatte Lan Wangji ihm eingetrichtert, dass er Wei Wuxian auf jeden Fall zum Frühstück zerren müsse. Daher tat er fast eine Stunde lang alles, was in seiner Macht stand, ehe es ihm endlich gelang, Wei Wuxian die Treppen herunterzuziehen.

In der Haupthalle half Lan Jingyi gerade den Dienern des Bai-Anwesens dabei, den Reisbrei zu verteilen. Lan Sizhui wollte mit anpacken, als er bemerkte, wie Jin Ling mit Augenringen hereinkam.

Still sah die Gruppe ihn an.

Jin Ling setzte sich links neben Wei Wuxian, der ihn mit einem »Morgen« grüßte.

Jin Ling bemühte sich mit aller Kraft, gefasst zu wirken, und erwiderte nickend seinen Gruß.

Aus den Mündern der anderen drang ebenfalls ein »Guten Morgen«.

Da er auch eine ganze Weile später nicht die Absicht zu hegen schien, über seine Nacht sprechen zu wollen, deutete Wei Wuxian auf seine eigenen Augen. »Du ...«

Jin Ling sprach erst, nachdem er sich sicher war, dass er seine Miene unter Kontrolle hatte.

»Es ist tatsächlich noch nicht vorbei«, meinte er schließlich.

Die Menge wurde nervös.

Nachdem Jin Ling in der vorangegangenen Nacht den Weißen Raum betreten hatte, hatte er sich überall umgesehen. Die Einrichtung war überaus schlicht, es gab kaum Möbel, nur ein Bett. Dieses stand an der Wand und war voller Staub. Nachdem Jin Ling es nur einmal kurz angefasst hatte, war dieser Umstand für ihn unerträglich geworden. Kein Diener traute sich in die Nähe dieses Zimmers, aber so konnte er sich auch ganz sicher nicht an so einem Ort hinlegen. Also blieb ihm nichts anderes übrig, als selbst Wasser zu holen und es zu säubern, sodass er sich schließlich reinlegen konnte.

Er lag mit dem Gesicht zur Wand und hielt in einer Hand versteckt einen Spiegel. Wenn er ihn bewegte, konnte er durch ihn einen Großteil des Raums hinter sich erkennen.

Jin Ling wartete bis tief in die Nacht, doch der Spiegel reflektierte nur die Dunkelheit. Also drehte er ihn hin und her. Gerade als es anfing, ihm Spaß zu machen, huschte plötzlich etwas stechend Weißes über die Spiegelfläche.

Er erschrak heftig, beruhigte sich aber wieder und bewegte den Spiegel solang, bis er endlich etwas zeigte.

An dieser Stelle fragte Lan Jingyi mit zitternder Stimme: »Was hast du im Spiegel gesehen? War es ... Hakenhand?«

»Nein. Es war ein Stuhl«, antwortete Jin Ling.

Lan Jingyi wollte gerade erleichtert aufatmen, doch als er noch mal darüber nachdachte, sträubten sich ihm sofort die Nackenhaare.

Wie hätte er da aufatmen können? Jin Ling hatte doch berichtet, dass die Einrichtung des Zimmers überaus schlicht war. Dass es nur ein Bett gab. Aber wenn das wirklich so war ... woher kam dann der Stuhl?!

Jin Ling erzählte weiter: »Der Stuhl stand ganz nah am Kopfende des Betts. Anfangs war er noch leer, doch einen Moment später saß dort plötzlich eine schwarz gekleidete Person.«

Jin Ling hatte ihr Gesicht sehen wollen, doch sie hatte ihren Kopf gesenkt gehalten und die Hälfte ihrer herabhängenden, langen Haare hatten es verdeckt. Lediglich ihre schneeweißen Hände hatten auf den Armlehnen ruhend unter der Kleidung hervorgelugt.

Still und leise hatte Jin Ling die Position des Spiegels verändert, doch als er sein Handgelenk bewegt hatte, schien die Person etwas zu bemerken und hatte langsam den Kopf gehoben.

Zum Vorschein war das Gesicht einer Frau gekommen, von Dutzenden bluttriefenden Messerschnitten übersät.

Wei Wuxian überraschte Jin Lings Bericht nicht im Geringsten. Die Jungen hingegen waren schockiert.

»Moment mal?« Lan Jingyi stellte eine Schüssel Reissuppe vor Jin Ling ab. »Ein weiblicher Geist? Wie kann das sein? Hast du vielleicht vor Schreck den Verstand verloren und dich verguckt ...?«

Jin Ling verpasste ihm einen Schlag. »Von *dir* lass ich mir so was sicher nicht sagen. Auch wenn ich vor lauter Blut und Haaren so gut wie nichts erkennen konnte, habe ich mich sicher nicht getäuscht. Ihre Frisur und auch ihre Kleidung wirkten wie die einer jungen Frau. Wir haben in der falschen Richtung gesucht. Auch wenn am Haken noch grollende Energie gehaftet hat, so ist das Wesen, das im Weißen Raum spukt, wahrscheinlich nicht Hakenhand.«

Lan Jingyi fragte: »Hast du denn nicht versucht, genauer hinzuschauen, um ihr Gesicht zu erkennen ...? Vielleicht kann man ja anhand von äußerlichen Merkmalen wie Leberflecken ihre Identität bestimmen.«

Unfreundlich entgegnete Jin Ling: »Denkst du etwa, ich hätte nicht daran gedacht?! Das hatte ich natürlich vor, aber als der Frauengeist das Mondlicht bemerkte, das mein Spiegel reflektierte, hat sie augenblicklich den Kopf gehoben und zu mir geschaut. Durch ihr Spiegelbild hatte ich versehentlich Blickkontakt mit ihr.«

Wenn man beim Ausspionieren von einem Geist erwischt wird, durfte man ihn auf keinen Fall weiter beobachten, sondern musste den Spiegel augenblicklich zur Seite legen, die Augen schließen und sich schlafend stellen. Andernfalls würde man möglicherweise die Aggressivität der Kreatur anfachen und ihre Mordlust um ein Vielfaches steigern.

»Das war knapp. Um Haaresbreite ...«, meinte Lan Jingyi.

Am Tisch sprachen alle durcheinander.

»Aber in den Augen des Diebs hat man keine Frau gesehen.«

»Nur, weil man keine gesehen hat, heißt es nicht, dass dort keine war. Vielleicht hat er sie nur nicht gesehen ...«

»Nein! Dieser Frauengeist ... Warum gibt es dort einen Frauengeist, wer ist das?«

Lan Sizhui meinte: »Das Gesicht der Frau war mit Dutzenden Messerschnitten übersät. Höchstwahrscheinlich war sie eines der zahlreichen Opfer von Hakenhand. Bestimmt war es eine von Groll erfüllte Vision, die Jin Ling gesehen hat.«

Eine von Groll erfüllte Vision war eine von einer bösartigen Kreatur erschaffene, sich ständig wiederholende Szene. Für gewöhnlich handelte es sich dabei um die Szene kurz vor deren Tod oder um ein anderes Ereignis, bei dem die Kreatur tiefsten Hass verspürt hatte.

Jin Ling überlegte. »Hmm ... Der Weiße Raum, den ich gestern Nacht im Spiegel gesehen habe, war ganz anders eingerichtet als der jetzige. Er wirkte wie der eines Gasthauses. Wahrscheinlich stand hier eins, bevor das Bai-Anwesen gebaut wurde. Und die Frau ist in diesem Gasthaus ums Leben gekommen.«

Lan Jingyi fiel ein: »Ah, jetzt wo du es erwähnst: Bei unseren Befragungen hat tatsächlich jemand gemeint, dass Hakenhand spielend leicht die Schlösser von Gasthäusern knacken konnte. Er hat sich oft in der Nacht reingeschlichen und ist bei Frauen zur Tat geschritten, die allein unterwegs waren!«

Lan Sizhui meinte: »Dann befand sich das Zimmer, in dem dieses Fräulein, oder diese Dame, ums Leben gekommen ist, genau dort, wo im Bai-Anwesen der Weiße Raum errichtet wurde!«

Kein Wunder, dass das Oberhaupt der Familie Bai felsenfest behauptete, dass es im Anwesen keine ungelösten Fälle gab und niemand eines unnatürlichen Todes gestorben war. Er hatte überhaupt nicht versucht, etwas zu vertuschen, sondern war wirklich unschuldig. Sie hatten tatsächlich nichts mit der Sache zu tun!

Jin Ling hob die Schüssel mit der Reissuppe an, trank einen Schluck und gab sich absichtlich ruhig. »Ich wusste doch gleich, dass die ganze Sache nicht so einfach ist. Auch gut, so oder so werden wir das Problem lösen.«

»Jin Ling, hol nachher deinen Schlaf nach«, sagte Wei Wuxian. »Heute Nacht wartet noch Arbeit auf uns.«

Lan Jingyi schielte zu seiner Schüssel. »Wei Qianbei, du hast nicht aufgegessen. Du darfst nichts verschwenden.«

»Ich bin fertig. Iss du mehr, Jingyi. Denn heute Nacht wirst du an vorderster Front stehen«, erwiderte Wei Wuxian.

Lan Jingyi erschrak derart, dass ihm beinahe die Schüssel aus der Hand fiel. »Hä? Ich? W... Was für eine Front?!«

Wei Wuxian erklärte: »Na, Jin Ling hat das Wesen gestern Nacht doch nicht gesehen, also schauen wir es uns gemeinsam an und sammeln ein wenig Erfahrung. Du führst uns an.«

Lan Jingyi wurde bleich. »Wei Qianbei, bist du dir da sicher? Wieso ich?«

»Natürlich bin ich das. Ihr sollt doch alle Erfahrungen sammeln. Jeder kriegt eine Aufgabe, jeder bekommt eine Chance, jeder muss mal ran. Sizhui und Jin Ling haben ihren Beitrag bereits geleistet, also bist du der Nächste.«

»Wieso bin ich der Nächste ...?«

Natürlich würde Wei Wuxian niemals zugeben, dass Lan Jingyi neben Lan Sizhui und Jin Ling der Einzige in dieser Gruppe war, dessen Namen er sich noch gemerkt hatte. Also klopfte er ihm lediglich auf die Schulter und ermutigte ihn. »Das ist eine gute Sache! Sieh dir nur die anderen an, jeder von ihnen würde gern drankommen.«

»Von wem sprichst du?! Die haben sich alle längst aus dem Staub gemacht!«

Wie sehr Lan Jingyi sich auch dagegen wehrte, es half nichts. Um Mitternacht befanden sie sich alle vorm Weißen Raum und unfreiwillig stand er ganz vorn.

Mehrere lange Bänke waren aufgestellt worden, auf denen überall die Jungen saßen. Jeder von ihnen stach einmal in das Papier des Fensters der Tür, sodass es binnen Sekunden mit Löchern übersät war. Man konnte es kaum mitansehen.

Nachdem Lan Sizhui ebenfalls mit dem Finger ein Loch ins Fenster gestochen hatte, dachte er sich: *Das … kann man doch wohl kaum noch »spionieren« nennen. So zerstochen, wie das Papier mittlerweile ist, hätte man auch einfach direkt das ganze Fenster abreißen können.*

Wie angekündigt war Lan Jingyi von Wei Wuxian an die vorderste Position gesetzt worden. So war es ihm möglich, am meisten von der Kreatur zu Gesicht zu bekommen und sie am deutlichsten zu erkennen. Wäre dies ein Theaterstück gewesen, hätte er den besten Sitzplatz gehabt. Nur leider wollte Lan Jingyi diesen überhaupt nicht.

Zitternd klemmte er zwischen Jin Ling und Lan Sizhui. »Kann ich nicht woanders sitzen?«

Wei Wuxian ging neben ihnen auf und ab.

»Nein.«

Die Art, wie er das Wort ausgesprochen hatte, erinnerte die Jungen stark an Lan Wangji. Offenbar hatte er dessen Tonfall gemeistert, was einige zum Kichern brachte.

»Ihr scheint ja gut drauf zu sein«, kommentierte Wei Wuxian. »Das ist gut. Schön, wenn ihr so entspannt seid.«

Lan Sizhui, der sich ebenfalls nicht hatte zusammenreißen können, setzte hastig wieder seine normale Miene auf.

Wei Wuxian wandte sich an Lan Jingyi: »Sieh doch nur, ich habe nicht mal einen Sitzplatz. Du weißt gar nicht, was für ein Glück du hast.«

Doch Lan Jingyi entgegnete: »Qianbei, kann ich dir meinen Sitzplatz anbieten?«

»Nein«, lehnte Wei Wuxian ab.

»Was soll ich denn dann tun?«, klagte Lan Jingyi.

»Du kannst Fragen stellen«, antwortete Wei Wuxian.

Dem hilflosen Lan Jingyi blieb nichts anderes übrig, als sich an Lan Sizhui zu wenden. »Sizhui, falls ich in Ohnmacht falle, m… muss ich deine Notizen abschreiben.«

Lan Sizhui wusste nicht, ob er lachen oder weinen sollte. »Gut.«

Lan Jingyi war erleichtert. »Dann bin ich ja beruhigt.«

»Keine Sorge, Jingyi«, ermutigte ihn Lan Sizhui. »Du wirst bestimmt durchhalten.«

Gerade als sich Dankbarkeit in Lan Jingyis Gesicht abzeichnete, klopfte Jin Ling ihm auf die Schulter und verkündete mit einer überaus verlässlich wirkenden Miene: »Genau, mach dir keine Sorgen. Solltest du in Ohnmacht fallen, werde ich dich auf jeden Fall sofort wecken.«

Lan Jingyi bekam einen großen Schreck und schlug seine Hand weg. »Geh weg, na los! Wer weiß, mit welchen Mitteln du mich wecken würdest!«

Während sie tuschelten, drang plötzlich der schwache Schein von blutrotem Licht durch das Papierfenster, als hätte jemand in dem pechschwarzen Raum eine rote Lampe angezündet.

Sofort verstummte die Menge und hielt konzentriert den Atem an.

Das rote Licht schien durch jedes einzelne der kleinen Löcher, sodass die Augen, die zum Spionieren hindurchsahen, blutunterlaufen wirkten.

Zitternd hob Lan Jingyi seine Hand. »Qianbei ... Warum ... Warum wirkt das Zimmer so rot? Ich habe noch nie eine blutrote Vision gesehen. Brannte zu jenem Zeitpunkt etwa eine rote Lampe im Zimmer?«

Lan Sizhui flüsterte: »Das kommt nicht von einer roten Lampe. Es liegt daran, dass diese Person ...«

»Weil Blut in die Augen dieser Person gelangt ist«, führte Jin Ling seine Erklärung zu Ende.

Im Schein des roten Lichts erschien plötzlich etwas Neues im Raum.

Ein Stuhl und ein »Mensch«, der auf diesem Stuhl saß.

»Jin Ling, war es das, was du gestern Nacht gesehen hast?«, wollte Wei Wuxian wissen.

Jin Ling nickte. »Aber ich habe sie gestern Nacht nicht genau gesehen. Sie scheint sich jedoch nicht freiwillig auf den Stuhl gesetzt zu haben ... Sie war daran festgebunden.«

Wie er gesagt hatte, waren die Hände der Frau mit einem Seil an den Armlehnen festgebunden.

Gerade als die Jungen einen genaueren Blick auf sie werfen wollten, huschte eine schwarze Silhouette vorbei und eine weitere Gestalt stand plötzlich im Zimmer.

Es handelte sich dabei um eine weitere »Person«.

Die Lider und Lippen dieser Person waren zerschnitten, sodass sie weder blinzeln noch den Mund schließen konnte. Ihre blutunterlaufenen Augen und das scharlachrote Zahnfleisch schauten hervor. Der Anblick war um ein Tausendfaches schauerlicher als in den Geschichten!

»Hakenhand!«, schrie Lan Jingyi auf.

»Was ist passiert, ist der Haken nicht bereits geschmolzen? Wieso gibt es ihn noch?«

»Befinden sich etwa zwei bösartige Kreaturen in diesem Raum?«

Wei Wuxian spielte die Frage zurück: »Sind es zwei? Ist in diesem Raum nun eine bösartige Kreatur oder sind es zwei? Kann das jemand beantworten?«

»Eine«, antwortete Lan Sizhui.

Jin Ling schloss sich an. »Eine. Hakenhand ist keine reale bösartige Seele, sondern gehört zur Vision der Szene kurz vor dem Ableben der Frau, die sie mithilfe ihrer grollenden Energie erschafft.«

»Auch wenn es eine Vision ist, ist es immer noch genauso schauderhaft!«, kommentierte Lan Jingyi.

Während sie sprachen, bewegte sich Hakenhand langsam zur Holztür. Er kam immer näher und sie konnten sein Gesicht immer klarer erkennen. Und je klarer es wurde, umso furchterregender wurde es auch.

Ihnen allen war bewusst, dass dies lediglich eine Vision war und der echte Eisenhaken, an dem noch grollende Energie gehaftet hatte, bereits eingeschmolzen worden war. Sie wussten, dass diese Vision nicht wirklich aus der Tür treten konnte, und dennoch konnten sie einen grauenhaften Gedanken einfach nicht abschütteln: Er hatte sie entdeckt!

Wenn es diese Szene gewesen war, die der Dieb mitten in der Nacht beim Hereinlinsen in den Weißen Raum gesehen hatte, war es kein Wunder, dass er vor Schreck eine Herzattacke bekommen hatte.

Das Gesicht war keine dreißig Zentimeter mehr vom Papier entfernt. Eine Weile lang schaute Hakenhand das Fenster an, ehe er sich umdrehte und mit großen Schritten auf den Stuhl zuging.

Erst jetzt holten die Jungen wieder Luft.

Der Mann ging im Zimmer auf und ab, sodass das alte Holz unter seinen Füßen knarzte.

»Seit gerade eben beschäftigt mich eine Sache enorm«, meinte Jin Ling plötzlich.

»Welche?«, fragte Lan Sizhui.

Jin Ling führte aus: »Diese grauenhafte Vision ist mit Sicherheit die Szene kurz vor dem Tod dieser Frau. Doch normalerweise würde eine Gefangene doch nicht so ruhig bleiben und keinen einzigen Ton von sich geben, wenn sie es mit einem wahnsinnigen Mörder zu tun hat, oder? Mit anderen Worten ...« Nach einer kurzen Pause fuhr er fort: »Die Frau war ganz eindeutig bei Bewusstsein, wieso also hat sie nicht laut um Hilfe gerufen?«

»Vielleicht hatte sie solche Angst, dass sie starr vor Schreck war?«, mutmaßte Lan Jingyi.

»Aber selbst dann würde sie doch nicht keinen Ton von sich geben. Und sie weint auch gar nicht. Normalerweise würden Frauen doch weinen, wenn sie extreme Angst bekommen?«, warf Jin Ling ein.

»Hat sie ihre Zunge noch?«, fragte Lan Sizhui.

»Aus ihren Mundwinkeln fließt kein Blut, also müsste sie sie noch haben. Und selbst wenn sie sie nicht mehr hätte und nicht mehr richtig sprechen könnte, wäre es ja nicht so, als könnte sie überhaupt keinen Ton mehr von sich geben«, beharrte Jin Ling.

Lan Jingyi, der zwischen den beiden eingeklemmt war und so aussah, als würde er jeden Moment tot umfallen, flehte: »Könntet ihr bitte nicht direkt neben mir derart seelenruhig über solch eine gruselige Sache reden?!«

Ein Junge warf ein: »Liegt es vielleicht daran, dass dieses Gasthaus verlassen gewesen ist, also niemand da war? Vielleicht wusste sie ja, dass es nichts bringen würde zu schreien, sodass sie es einfach gelassen hat?«

Endlich hatte auch Lan Jingyi, der die Szene am deutlichsten sah, etwas zu sagen: »Nein. Die Einrichtung ist nicht verstaubt, sie war offensichtlich die ganze Zeit über in Benutzung. Es ist unmöglich, dass sie allein gewesen sind, sonst wäre sie ja auch nicht hergekommen.«

Jin Ling stimmte ihm zu. »Du bist also nicht so dumm, dass es gar keine Hoffnung mehr für dich gibt. Und außerdem ist es eine Sache, ob niemand sonst da ist, aber eine andere, ob man schreit. Wenn jemand einem beispielsweise mitten im Nirgendwo nach dem Leben trachten würde, würde man doch trotzdem vor Angst um Hilfe schreien, selbst wenn man wüsste, dass niemand zur Rettung kommen kann.«

Wei Wuxian, der an der Seite stand, applaudierte leise und flüsterte: »Wow, wie nicht anders zu erwarten von Oberhaupt Jin.«

Jin Ling wurde rot und fuhr ihn wütend an: »Was machst du, lenk mich nicht ab!«

Wei Wuxian konterte: »Wenn dich so etwas ablenken kann, heißt das, dass du noch an deiner Konzentrationsfähigkeit arbeiten musst. Schaut schnell, Hakenhand schlägt wohl gleich zu!«

Hastig wandte die Menge ihre Köpfe. Sie sahen, wie der Mann ein Seil hervorholte, es um den Hals der Frau legte und es langsam enger zog.

Das Geräusch eines Seils, dass enger gezogen wurde!

Das war also der Ursprung des seltsamen Geräuschs, von dem das Oberhaupt der Familie Bai gesprochen hatte, und das jede Nacht im Weißen Raum zu hören war.

Durch den Druck quoll ein Schwall an Blut aus den unzähligen Schnittwunden im Gesicht der Frau, und doch gab sie keinen Ton von sich.

Dieser Anblick versetzte die Menge in Unruhe. Einer konnte nicht anders, als sie leise zu drängen: »Schrei endlich, schrei um Hilfe!«

Entgegen seiner Hoffnung regte sich jedoch nicht das Opfer, sondern der Täter.

Er lockerte das Seil und zog hinter sich einen geschliffenen, glänzenden Haken hervor.

Den Jungen, die vor der Tür saßen, lief ein eiskalter Schauder über den Rücken. Am liebsten wären sie reingestürmt und hätten anstatt der Frau selbst wie verrückt geschrien, um alle Bewohner der Stadt aufzuwecken.

Der Rücken von Hakenhand versperrte ihnen die Sicht. Er streckte eine Hand nach vorn.

Von ihrem Winkel aus konnten die Jungen nur einen Handrücken der Frau sehen, der auf der Armlehne ruhte, und auf diesem pochten heftig die Venen. Und trotzdem gab sie nach wie vor keinen Ton von sich!

Jin Ling wunderte sich. »Stimmt mental etwas nicht mit ihr?«

»Was meinst du damit?«

»Na, vielleicht ist sie … geistig etwas zurückgeblieben.«

»…«

Auch wenn es sich überaus unhöflich anhörte, wenn man jemanden als »geistig zurückgeblieben« bezeichnete, so war es in dieser Situation doch naheliegend. Wieso sonst sollte ein Mensch in so einem Moment keinerlei Reaktion zeigen?

Lan Jingyi schmerzte vom Zuschauen der Kopf, sodass er sein Gesicht abwendete. Doch Wei Wuxian flüsterte: »Sieh hin.«

An Lan Jingyis Gesicht konnte man ablesen, dass er es nicht ertragen konnte, und er flehte: »Qianbei, i… ich kann mir das wirklich nicht weiter ansehen.«

Doch Wei Wuxian ließ ihm das nicht durchgehen. »Es gibt Dinge auf der Welt, die noch tausendmal schlimmer sind als das hier. Wenn du dich nicht mal traust, dich dem zu stellen, dann sehe ich schwarz für dich.«

Bei diesen Worten fasste sich Lan Jingyi ein Herz und wandte mit zusammengebissenen Zähnen seinen Kopf, um mit gequälter Miene weiter zuzuschauen. Und genau in diesem Moment kam es zu einer überraschenden Wendung!

Die Frau öffnete ihren Mund und biss in den Haken!

Bei diesem Anblick sprangen die Jungen vor Schreck in einer Reihe auf.

Auch Hakenhand schien einen großen Schreck bekommen zu haben. Sofort zog er die Hand zurück, schaffte es jedoch nicht, den Haken zwischen den Zähnen der Frau herauszuziehen. Stattdessen stürzte sich die Frau samt Stuhl auf ihn und der Haken, mit dem er ihr eigentlich die

Zunge hatte herausreißen wollen, schlitzte ihm im Gemenge seinen eigenen Bauch auf!

Die Jungen schrien wild durcheinander und klebten förmlich an der Tür. Jeder von ihnen presste seine Augen an die Löcher im Fenster zum Weißen Raum, um alles genau sehen zu können.

Plötzlich hielt der Mann inne. Ihm schien eine Idee gekommen zu sein. Mit der rechten Hand griff er nach der Brust der Frau und schien ihr das Herz herausreißen zu wollen. Doch die Frau rollte sich mit dem Stuhl fort und wich der Attacke aus, wobei jedoch ihre Kleidung an der Brust aufgeschlitzt wurde.

Bei der raschen Abfolge der Geschehnisse hatten die Jungen überhaupt keine Zeit, sich darüber Gedanken zu machen, ob es unangebracht war, hinzusehen. Doch eines verschlug ihnen sofort die Sprache: Die Brust dieser *Frau* war flach wie ein Brett.

Das war überhaupt keine Frau, sondern ein Mann in Frauenkleidern!

Hakenhand stürzte sich auf ihn, würgte ihn mit bloßen Händen am Hals und vergaß dabei, dass sich der Haken immer noch im Mund seines Gegenübers befand. Der Mann bewegte seinen Kopf mit einer heftigen Bewegung zur Seite und der Haken bohrte sich augenblicklich in das Handgelenk seines Peinigers.

Während der mit aller Kraft versuchte, den Hals seines Opfers zu brechen, gab dieses alles dafür, damit sein Angreifer verblutete. Beide befanden sich in einer Pattsituation ...

Erst als es draußen hell wurde und der Hahn krähte, verschwand das rote Licht im Zimmer und die Vision verblasste vollständig.

Die Jungen, die an der Tür des Weißen Raums standen, waren wie vom Donner gerührt.

Erst nach einer ganzen Weile stammelte Lan Jingyi: »V...V... Von ... den beiden ...«

Sie alle dachten dasselbe: *Wahrscheinlich hat von den beiden am Ende keiner überlebt ...*

Damit hatten die Jungen nicht gerechnet.

Die bösartige Kreatur, die seit Jahrzehnten im Bai-Anwesen ihr Unwesen trieb, war gar nicht Hakenhand, sondern der Held, der ihn beseitigt hatte.

Die Menge diskutierte eifrig.

»Damit hätte ich wirklich nie gerechnet. So wurde Hakenhand also bezwungen ...«

»Wenn man genauer darüber nachdenkt, war es ja wohl auch die einzige Möglichkeit?! Immerhin ist er immer genauso plötzlich wieder verschwunden, wie er aufgetaucht ist, und niemand hat gewusst, wo er sich nun eigentlich aufgehalten hat. Es gab keine andere Möglichkeit, ihn zu fassen, außer sich als Frau zu verkleiden und ihn herauszulocken.«

»Aber das war sehr gefährlich!«

»Das stimmt allerdings. Wie du siehst, war dieser Held von Anfang an im Nachteil, weil er ihm in die Falle getappt ist und von ihm festgebunden wurde. Wäre es zu einer direkten Konfrontation gekommen, wäre er ihm nicht derart unterlegen gewesen!«

»Genau, und er hat auch nicht um Hilfe rufen können. Hakenhand hat unzählige Menschen getötet, hätte er eine gewöhnliche Person herbeigerufen, hätte sie wahrscheinlich auch noch den Tod gefunden.«

»Deshalb hat er also ausgeharrt und nicht um Hilfe geschrien!«

»Er hat sich mit ihm zusammen zugrunde gerichtet ...«

»Wieso taucht die heroische Tat dieses Helden überhaupt nicht in den Gerüchten auf? Das ist wirklich nicht zu fassen.«

»Das ist doch ganz normal. Die Menschen finden nun mal Erzählungen über wahnsinnige Mörder spannender als die über Helden.«

Jin Ling analysierte: »Wenn die Seele eines Verstorbenen nicht gewillt ist, ein neues Leben anzutreten, dann liegt es daran, dass er noch einen unerfüllten Wunsch hat oder mit einer Sache noch nicht abschließen konnte. Und wenn ein Verstorbener, dessen Leichnam nicht vollständig erhalten ist, kein neues Leben antreten möchte, dann liegt es häufig daran, dass er seine verlorenen Körperteile nicht wiederfinden kann. Das ist also der Grund dafür, weshalb er sein Unwesen treibt.«

Selbst etwas Überflüssiges würde man vermissen, wenn es über zehn Jahre lang den eigenen Körper verunziert, ganz zu schweigen also von der eigenen Zunge.

Lan Jingyi war ernst und zeigte Respekt. »Dann müssen wir seine Zunge schleunigst finden und sie verbrennen, damit er ein neues Leben antreten kann!«*

Plötzlich erhob sich die Truppe und machte sich bereit, an die Arbeit zu gehen.

»Genau, wir können doch nicht zulassen, dass so ein Held ohne vollständigen Körper ins Jenseits übergeht!«**

»Los, lasst uns suchen! Wir fangen bei dem Massengrab westlich der Stadt an, dann suchen wir die Gräber in der Nähe, das ganze Bai-Anwesen und das alte Haus ab, in dem Hakenhand früher gewohnt hat. Wir dürfen keinen Ort auslassen.«

Die Gruppe war voller Tatendrang und brach auf.

Jin Ling jedoch drehte sich noch einmal um, bevor er ging und sah Wei Wuxian an.

»Was ist?«, wollte der wissen.

Wei Wuxian hatte sich während der Diskussion der Jungen kein einziges Mal eingemischt oder sich zu ihren Theorien geäußert, sodass Jin Ling etwas beunruhigt war und sich fragte, ob sie an irgendeiner Stelle etwas übersehen hatten. Doch als er jetzt noch mal darüber nachdachte, hatte er nicht das Gefühl, dass sie etwas Wichtiges übersehen hatten, also sagte er nur: »Nichts.«

* In China glaubt man, dass Tote die Dinge empfangen können, die man für sie verbrennt.
** In China glaubt man, dass ein Tod ohne vollständigen Körper besonders grausam ist.

Wei Wuxian grinste ihn an. »Wenn nichts ist, dann begib dich auf die Suche. Und hab etwas Geduld.«

Furchtlos und voller Elan machte Jin Ling sich auf den Weg.

Erst nach mehreren Tagen verstand er, was Wei Wuxian mit »Und hab etwas Geduld« gemeint hatte.

Bei der Suche nach dem Haken hatte Wei Wuxian Lan Sizhui gelotst, sodass sie insgesamt nur eine Stunde benötigt hatten. Bei der Suche nach der Zunge hatte Wei Wuxian sich jedoch nicht eingemischt. Er hatte sie ganz ihnen überlassen, sodass sie ganze fünf Tage brauchten.

Als Lan Jingyi endlich den gesuchten Gegenstand hochhob und aufsprang, waren die anderen bereits am Ende ihrer Kräfte. Ihre Kleidung war vom Durchwühlen schmutzig und sie stanken. Nachdem sie jedoch zurückgekehrt waren und Wei Wuxian davon erzählt hatten, führte der ihnen sehr ernst gemeint eine Tatsache vor Augen: Es war eine Glanzleistung, dass sie die Zunge innerhalb von fünf Tagen gefunden hatten, obwohl sie ganz auf sich allein gestellt gewesen waren. Viele Kultivierer hätten sie nicht mal innerhalb von zehn Tagen oder einem halben Monat gefunden und ganz einfach das Handtuch geworfen. Daher waren die Jungen letztendlich überaus glücklich.

Euphorisch hüpfte die Menge um die Zunge des Toten. Es hieß, dass Objekte mit bösartiger Energie graublau anlaufen. Diese Zunge war jedoch nicht nur graublau, sondern schwarz. Zudem war sie überaus hart und verströmte böse Energie. Man sah ihr überhaupt nicht mehr an, dass sie einst das Körperteil eines Menschen gewesen war. Andernfalls wäre sie auch schon längst verrottet.

Nachdem sie ihre Kultivierungskünste eingesetzt und die Zunge verbrannt hatten, schien der Fall endlich abgeschlossen zu sein. Bei allem, was passiert war, musste es nun einfach zu Ende sein. Daher war Jin Ling mit dieser besonderen Nachtjagd auch mehr oder minder zufrieden.

Doch nur wenige Tage später suchte das Oberhaupt der Familie Bai überraschenderweise erneut das Goldene Schuppen Plateau auf.

Nachdem sie die Zunge des Helden verbrannt hatten, hatte tatsächlich für zwei Tage Ruhe geherrscht. Aber auch wirklich nur für zwei Tage.

In der dritten Nacht waren plötzlich wieder seltsame Geräusche aus dem Weißen Raum gedrungen, die von Tag zu Tag immer lauter geworden waren. In der fünften Nacht war es so laut gewesen, dass niemand im gesamten Bai-Anwesen mehr hatte schlafen können. Dieses Mal klang es noch wilder und bedrohlicher als zuvor. Und es war weder das Geräusch eines Seils, dass enger gezogen, noch das von Fleisch, das zerschnitten wurde, sondern die Stimme eines Menschen!

Der Beschreibung des Oberhaupts der Familie Bai nach war sie überaus rau und es klang, als würde jemand seine Zunge beim Sprechen nur schwerfällig bewegen, weil er sie jahrelang nicht benutzt hatte. Die genauen Worte hatte er nicht verstanden, aber er war sich absolut sicher, dass es sich um die Schreie eines Mannes handelte.

Auf die Schreie war klägliches Weinen gefolgt. Anfangs hatte sein Weinen noch schwach geklungen, war allmählich jedoch immer lauter geworden, bis es schließlich nahezu hysterisch gewirkt hatte.

Es war überaus bemitleidenswert, aber auch überaus unheimlich. Nicht nur die Menschen im Bai-Anwesen hatten es hören können, selbst drei Straßen weiter war es den Passanten von dem Geheul noch eiskalt den Rücken runtergelaufen.

Da das Jahr sich dem Ende neigte, hatte Jin Ling alle Hände voll zu tun und somit keine Zeit, sich persönlich darum zu kümmern. Also sandte er einige Clanmitglieder aus, um der Sache auf den Grund zu gehen. Nachdem sie zurückgekehrt waren, erstatteten sie ihm Bericht, und abgesehen davon, dass die Schreie tatsächlich überaus kläglich klangen, war kein weiterer Schaden entstanden – mal außer Acht gelassen, dass die Bewohner dadurch gestört wurden.

Als Lan Sizhui seine Notizen zur Nachtjagd abgab, erzählte er Lan Wangji und Wei Wuxian davon. Als Wei Wuxian das hörte, nahm er sich ein Gebäckstück von Lan Wangjis Schreibtisch und aß es.

»Ah, darüber muss man sich keine Sorgen machen.«

»Auch nicht, wenn er ... so schreit?«, fragte Lan Sizhui. »Normalerweise müsste die Seele eines Verstorbenen doch ihre Ruhe finden, wenn ihr Wunsch erfüllt wurde.«

»Das ist zwar richtig, aber ist euch denn überhaupt nicht in den Sinn gekommen, dass der Held sich gar nicht gewünscht hat, seine Zunge zu finden und die Wiedergeburt anzutreten?«

Lan Jingyi hatte für seinen Aufsatz endlich ein *Jia*[*] bekommen. Darüber, dass er ihn nicht erneut schreiben musste, freute er sich so sehr, dass ihm beinahe die Tränen kamen. Und doch kam er nicht umhin nachzufragen. »Was dann? Lautet sein Wunsch etwa, dass er jede Nacht herumbrüllen kann, damit andere keinen Schlaf finden?«

Zu seiner Überraschung nickte Wei Wuxian tatsächlich. »Genau so ist es.«

Lan Sizhui war schockiert. »Was ist der Grund dafür, Wei Qianbei?«

Wei Wuxian erklärte: »Ihr habt doch angenommen, dass dieser Held trotz der Folter durch Hakenhand ausgeharrt und keinen Ton von sich gegeben hat, weil er nicht die Leben von Unschuldigen gefährden wollte, richtig?«

Aufrecht sitzend antwortete Lan Sizhui: »So ist es. Stimmt das etwa nicht?«

Wei Wuxian erwiderte: »Es ist nicht falsch, aber lasst mich euch eine Frage stellen: Wenn ein wahnsinniger Mörder vor euch mit einem Messer herumfuchteln würde, wenn er zustechen würde, bis ihr blutet, wenn er euer Gesicht zerschneiden, euch würgen und eure Zunge mit einem Haken durchbohren wollen würde, wäre das nicht unheimlich? Hättet ihr keine Angst? Würdet ihr dann nicht am liebsten weinen?«

[*] Die beste Note.

Lan Jingyi dachte darüber nach und wurde leichenblass. »Hilfe!«

Doch Lan Sizhui antwortete mit ernster Miene: »In den Clanregeln steht geschrieben, dass man selbst bei Gefa...«

»Sizhui, lenk nicht von der Frage ab«, fiel ihm Wei Wuxian ins Wort. »Ich habe dich gefragt, ob du Angst hättest. Antworte einfach direkt.«

Lan Sizhui wurde rot und sein Rücken war nun noch gerader. »Ich kann nicht sagen, dass ich keine ...«

»Dass du keine, was?«, hakte Wei Wuxian nach.

Ehrlich beendete Lan Sizhui seinen Satz. »Dass ich keine Angst haben würde. Ähem.«

Anschließend linste er unruhig zu Lan Wangji.

Wei Wuxian war höchst amüsiert. »Wofür schämst du dich? Wenn Menschen Schmerzen oder Furcht verspüren, haben sie nun mal Angst. Sie wollen, dass jemand sie rettet, wollen schreien und weinen. Liegt das nicht in der Natur des Menschen? Stimmt doch, oder? Hanguang-Jun, sieh dir nur euren Sizhui an. Er hat Angst davor, dass du ihn bestrafst, und schielt daher heimlich zu dir rüber. Sag schon, dass es stimmt. Wenn du ›stimmt‹ sagst, heißt das, dass du derselben Ansicht bist wie ich und ihn nicht bestrafst.«

Lan Wangji saß aufrecht da, während er gerade die Notizen der Jungen mit Kommentaren versah. Wei Wuxian stupste ihn mehrmals sanft mit dem Ellbogen in den Bauch.

Mit unveränderter Miene sagte Lan Wangji: »Stimmt.«

Er legte seinen Arm um Wei Wuxians Hüfte, sodass dieser keinen weiteren Unsinn anstellen konnte. Anschließend widmete er sich wieder den Notizen.

Lan Sizhuis Gesicht lief knallrot an.

Wei Wuxian versuchte, sich aus Lan Wangjis Griff zu befreien, was ihm aber nicht gelang. In der Pose verharrend sprach er unverändert ernst mit Lan Sizhui. »Deswegen war es wahrhaft heldenhaft, dass er ausgeharrt und nicht geschrien hat. Aber es widersprach auch der menschlichen Natur.«

Lan Sizhui gab sein Bestes, um zu ignorieren, in welcher Pose Wei Wuxian gerade vor ihm saß. Er dachte einen Moment nach und bekam ein wenig Mitleid mit dem Helden.

»Hat Jin Ling immer noch so viel damit zu tun?«, fragte Wei Wuxian.

Lan Jingyi antwortete: »Ja, das Fräulei… Äh, der junge Herr Jin weiß auch nicht, wo denn das Problem liegt.«

»Und wie kann man sich nun so einer bösartigen Kreatur entledigen?«, fragte Lan Sizhui.

»Lasst sie schreien«, riet Wei Wuxian.

»…«

»Man lässt sie einfach schreien?«, vergewisserte sich Lan Sizhui.

»Genau. Wenn sie genug geschrien hat, wird sie von selbst gehen«, meinte Wei Wuxian.

Augenblicklich galt die Hälfte von Lan Sizhuis Mitleid den Bewohnern des Bai-Anwesens.

Glücklicherweise hatte der Held trotz der unsäglichen Qual, die er hatte erdulden müssen, nicht die Absicht, anderen zu schaden. Das Geschrei ertönte noch mehrere Monate lang im Weißen Raum, ehe es allmählich verstummte.

Wahrscheinlich hatte der Held sich endlich all das aus der Seele geschrien, was er vor seinem Tod nicht hatte herauslassen können, sodass er nun zufrieden die Wiedergeburt antreten konnte.

Aber natürlich war es bedauerlich gewesen, dass die Bewohner des Bai-Anwesens deswegen nachts so lange keine Ruhe gefunden und sich unruhig hin- und hergewälzt hatten. Doch andererseits war der Weiße Raum so wieder in aller Munde.

Extrakapitel:
Lotuskapseln

Yunmeng, Lotuspier.

Außerhalb der Trainingshalle zirpten die Zikaden. In der Halle lagen kreuz und quer ein Dutzend Jungen auf dem Boden. Sie boten einen fürchterlichen Anblick. Mit nackten Oberkörpern klebten sie am Holzboden. Von Zeit zu Zeit drehten sie sich wie brutzelnde Pfannkuchen um und ächzten dabei, als lägen sie im Sterben.

»Heiß ...«

»Ich sterbe ...«

Wei Wuxian kniff die Augen zusammen, er fühlte sich benommen. *Es wäre so schön, wenn es hier so kühl wie in der Wolkennische wäre.*

Das Holz unter ihm hatte wieder die Temperatur seines Körpers angenommen, also drehte er sich um. Zeitgleich wandte auch Jiang Cheng sich um, sodass die beiden einander streiften und Jiang Chengs Arm nun auf Wei Wuxians Bein lag. Dieser lamentierte sofort: »Jiang Cheng, nimm deinen Arm da weg, du bist so heiß wie ein Stück Kohle.«

»Nimm du dein Bein weg«, blaffte Jiang Cheng zurück.

»Ein Arm ist aber leichter als ein Bein. Wenn ich mein Bein bewege, muss ich dafür mehr Energie aufwenden, also ist es sinnvoller, wenn du deinen Arm wegnimmst.«

»Wei Wuxian, ich warne dich, übertreib es nicht und halt einfach die Klappe. Je mehr du redest, desto heißer wird es!«

Der sechste Shidi* mischte sich ein: »Hört auf, euch zu streiten. Mir wird allein vom Zuhören schon heiß. Ich schwitze sogar fast noch schneller.«

Jiang Cheng und Wei Wuxian hatten bereits begonnen, sich zu schlagen und zu treten.

»Hau ab!«

»Hau du doch ab!«

»Nein, nein, nein, hau du bitte ab!«

»Nur keine falsche Zurückhaltung, hau du zuerst ab!«

* Jüngeres, männliches Mitglied des gleichen Clans (entspricht vom Alter her einem jüngeren Bruder).

Die Shidis beschwerten sich allesamt.

»Wenn ihr euch prügeln wollt, dann macht das draußen!«

»Oh, bitte, haut doch beide zusammen ab!«

»Hast du gehört?«, gab Wei Wuxian von sich. »Alle wollen, dass du rausgehst. Du ... Lass mein Bein los, du brichst es mir noch!«

Eine Ader schwoll an Jiang Chengs Stirn an. »Ganz offensichtlich wollen sie, dass du rausgehst ... Lass du erst mal meinen Arm los!«

In diesem Moment hörten sie das Rascheln eines Kleidersaums, der draußen über den Boden des Holzkorridors glitt. Schneller als ein Blitz lösten die beiden sich voneinander. Im nächsten Augenblick wurde auch schon der Bambusvorhang geöffnet und Jiang Yanli lugte mit hervorgestrecktem Kopf hinein.

»Ah, hier versteckt ihr euch also alle.«

Hastig antworteten sie: »Shijie*!« – »Hallo, Shijie«

Jene unter ihnen, die mehr Schamgefühl besaßen, verschränkten ihre Arme vor der Brust, um sie zu verdecken, und versteckten sich in den Ecken.

»Liegt ihr heute nur auf der faulen Haut herum? Macht ihr keine Schwertübungen?«, fragte Jiang Yanli.

Wei Wuxian heulte sich bei ihr aus. »Es ist so heiß auf dem Übungsplatz. Wenn wir trainieren würden, würde uns hinterher eine Schicht Haut fehlen. Erzähl es bitte niemandem, Shijie.«

Jiang Yanli musterte ihn und Jiang Cheng genau. »Habt ihr beiden euch wieder geprügelt?«

»Nein!«, leugnete Wei Wuxian.

Jiang Yanli betrat die Halle, in den Händen hielt sie einen Teller. »Und von wem stammt dann der Fußabdruck auf Jiang Chengs Brust?«

Als Wei Wuxian hörte, dass er einen Beweis hinterlassen hatte, schaute er eilig hin. Da war tatsächlich ein Fußabdruck. Aber wirklich zu interessieren schien es keinen mehr, ob die beiden sich nun geprügelt hatten

* Älteres, weibliches Mitglied des gleichen Clans (entspricht vom Alter her einer großen Schwester).

oder nicht, denn auf dem Teller, den Jiang Yanli mitgebracht hatte, lag eine aufgeschnittene Wassermelone. Die Jungen stürzten sich auf das erfrischende Obst, teilten die Stücke im Handumdrehen auf und setzten sich auf den Boden, während sie sie verspeisten. Es dauerte nicht lange und die Melonenschalen türmten sich auf dem Teller zu einem kleinen Berg auf.

Wei Wuxian und Jiang Cheng mussten sich ständig einen Wettkampf liefern, ganz egal worum es ging. Melone essen stellte dabei keine Ausnahme dar. Sie kämpften so erbittert um die Stücke, dass die anderen hastig zurückwichen und ihnen eine Fläche freiräumten.

Anfangs gab Wei Wuxian beim Essen alles, doch plötzlich prustete er mittendrin los.

Alarmiert fragte Jiang Cheng: »Was führst du jetzt wieder im Schilde?«

Wei Wuxian nahm sich noch ein Stück. »Nichts! Das verstehst du falsch. Ich führe gar nichts im Schilde. Ich habe mich nur an eine gewisse Person erinnert.«

»An wen?«, wollte Jiang Cheng wissen.

»An Lan Zhan.«

»Wieso denn das, vermisst du etwa die Strafarbeiten?«

Wei Wuxian spuckte ein paar Kerne aus. »Ich habe mich daran erinnert, wie amüsant er ist. Du weißt nicht, wie lustig er sein kann. Ich habe mal zu ihm gesagt, dass das Essen seines Clans furchtbar schmeckt und ich lieber gebratene Melonenschalen essen würde. Und dass er bei uns am Lotuspier vorbeikommen soll, wenn er Zeit hat ...«

Noch bevor er den Satz beendet hatte, schlug Jiang Cheng ihn, sodass ihm beinahe sein Melonenstück aus der Hand fiel.

»Bist du wahnsinnig, dass du ihn hierher einlädst? Suchst du etwa nach Problemen?«

»Warum wirst du denn so nervös, beinahe hättest du mir die Melone aus der Hand geschlagen! Das habe ich doch nur so dahergesagt. Ist ja klar, dass er nicht kommen wird. Oder hast du etwa schon mal davon gehört, dass er allein ausgegangen ist, um sich zu vergnügen?«

Streng entgegnete Jiang Cheng: »Um eins klarzustellen, ich bin dagegen, dass er kommt, also lade ihn nicht einfach so ein.«

»Ich wusste gar nicht, dass du ihn so wenig leiden kannst?«, wunderte sich Wei Wuxian.

»Ich habe nichts gegen Lan Wangji. Wenn er aber wirklich hier auftauchen sollte, wird meine Mutter sicher an uns herummäkeln, wenn sie so einen Musterknaben sieht. Und du wirst auch dein Fett abbekommen«, gab Jiang Cheng zu bedenken.

Wei Wuxian versuchte, ihn zu beruhigen. »Kein Problem, darüber musst du dir keine Gedanken machen. Sollte er wirklich kommen, sag Onkel Jiang einfach, dass er ihn bei mir unterbringen soll. Ich garantiere, dass ich ihn in weniger als einem Monat in den Wahnsinn treiben werde.«

Jiang Cheng schnaubte. »Du willst wirklich einen Monat zusammen mit ihm in einem Raum schlafen? Ich denke ja, dass er dich innerhalb von sieben Tagen erstechen würde.«

Wei Wuxian beeindruckte das nicht. »Als ob ich Angst vor ihm hätte. Würden wir uns wirklich prügeln, ist nicht gesagt, dass er wirklich einen Gegner für mich darstellt.«

Eilig stimmte die Menge ihm tosend zu, und auch wenn Jiang Cheng ihn nach außen hin für seine Schamlosigkeit verspottete, so wusste er insgeheim doch, dass Wei Wuxians Worte nicht falsch waren und er keinesfalls nur prahlte.

Jiang Yanli setzte sich zwischen die beiden. »Über wen redet ihr? Einen Freund, den ihr in Gusu kennengelernt habt?«

»So ist es!«, antwortete Wei Wuxian erfreut.

»Du hast ja Nerven, ihn deinen ›Freund‹ zu nennen. Frag doch mal Lan Wangji, ob er so einen Freund wie dich will«, kommentierte Jiang Cheng.

Wei Wuxian konterte: »Klappe! Wenn nicht, nerve ich ihn einfach zu Tode. Mal sehen, ob er dann immer noch nicht zustimmt.« Dann drehte er sich zu Jiang Yanli. »Shijie, weißt du, wer Lan Wangji ist?«

»Ja, das ist doch der zweite junge Herr des Lan-Clans, von dem alle sagen, dass er so attraktiv und stark sei?! Ist er wirklich so gut aussehend?«, fragte Jiang Yanli.

»Allerdings!«, bestätigte Wei Wuxian.

»Sieht er besser aus als du?«, wollte Jiang Yanli wissen.

Wei Wuxian dachte einen Moment nach. »Vielleicht einen Tick besser als ich«, antwortete er schließlich, während er mit zwei Fingern einen winzig kleinen Abstand anzeigte.

Jiang Yanli stellte den Teller zur Seite und lächelte. »Dann ist er wohl wirklich sehr attraktiv. Es ist gut, neue Freundschaften zu schließen. Wenn ihr Zeit habt, könnt ihr euch ja gegenseitig besuchen.«

Bei diesen Worten spuckte Jiang Cheng seine Wassermelone aus.

Eilig winkte Wei Wuxian ab. »Ich passe. Das Essen in deren Clan ist grauenhaft und sie haben so viele Regeln, da gehe ich freiwillig nicht wieder hin.«

»Dann kannst du ihn doch herholen. Jetzt wäre doch eine gute Gelegenheit. Wieso lädst du deinen Freund nicht dazu ein, ein wenig Zeit hier am Lotuspier zu verbringen?«, schlug Jiang Yanli vor.

»Schwester, hör nicht auf seinen Unsinn. Er ist in Gusu allen auf die Nerven gegangen. Als würde Lan Wangji zu ihm hierherkommen«, klärte Jiang Cheng sie auf.

»Was soll das denn heißen?! Das würde er sicher«, war Wei Wuxian überzeugt.

»Wach endlich auf! Lan Wangji hat gesagt, dass du verschwinden sollst, hast du das schon vergessen? Erinnerst du dich nicht daran?«, half Jiang Cheng seinem Gedächtnis auf die Sprünge.

»Was weißt du denn schon?! Auch wenn er gesagt hat, dass ich abhauen soll, weiß ich, dass er mich insgeheim bestimmt in Yunmeng besuchen will. Bestimmt wünscht er sich nichts sehnlicher«, meinte Wei Wuxian.

Jiang Cheng wunderte sich. »Jeden Tag stelle ich mir immer wieder dieselbe Frage: Woher nimmst du bloß dein ganzes Selbstbewusstsein?«

»Denk nicht weiter darüber nach. Unglaublich, dass du dir seit all den Jahren die gleiche Frage stellst, ohne eine Antwort zu finden. Ich an deiner Stelle hätte längst aufgegeben«, meinte Wei Wuxian.

Jiang Cheng schüttelte den Kopf und wollte gerade seine Melonenschale wegwerfen, als sie plötzlich in der Ferne die lautstarken Schritte einer herbeieilenden Person hörten, begleitet von der kalten Stimme einer Frau.

»Ich habe mich schon gefragt, wo die sich alle verstecken. Ich habe doch gleich gewusst ...«

Schlagartig veränderte sich der Ausdruck auf den Gesichtern der Jungen in der Trainingshalle. Schleunigst ergriffen sie die Flucht und huschten durch die Vorhänge nach draußen, trafen allerdings genau in dem Moment auf Frau Yu, die in das Ende des Korridors einbog.

Sie sah wütend aus. Ihre violette Robe flatterte und ihre Miene war furchterregend.

Als Frau Yu die unmanierlichen, halb nackten Jungen sah, verzerrten sich ihre Gesichtszüge und sie hob ihre schmalen Augenbrauen weit hoch.

Mist!, dachten sich die Jungen, nahmen in Todesangst ihre Beine in die Hand und rannten davon.

Zornig schrie Frau Yu: »Jiang Cheng! Zieh dich an! Du siehst aus wie ein Barbar, wenn du so halb nackt herumläufst! Was würden wohl die Leute von mir denken, wenn sie euch so sehen könnten?!«

Jiang Chengs Kleidung hing von seiner Hüfte herab, die er sich jetzt, wo seine Mutter ihn ausschimpfte, hastig überstülpte.

Frau Yu schalt weiter: »Und ihr! A-Li ist doch auch hier, meint ihr etwa, sie sieht euch nicht? Wer hat euch erzogen, dass ihr verfluchten Bälger vor einer Dame so herumlauft?!«

Natürlich war klar, wessen Idee das gewesen war, daher lautete Frau Yus nächster Satz wie immer. »Wei Ying! Du willst wohl sterben!«

»Entschuldigung!«, rief Wei Wuxian. »Ich wusste nicht, dass Shijie vorbeikommen würde! Ich suche sofort was zum Anziehen!«

Frau Yu wurde noch zorniger. »Du wagst es auch noch wegzurennen?! Komm zurück und knie dich hin!«

Noch während sie sprach, schwang sie auch schon ihre Peitsche.

Wei Wuxian spürte einen brennenden Schmerz auf seinem Rücken, schrie kläglich auf und fiel fast zu Boden.

Da erklang plötzlich eine schwache Stimme neben Frau Yu.

»Mutter, möchtet Ihr etwas Wassermelone essen ...?«

Frau Yu wurde von Jiang Yanli, die wie aus dem Nichts aufgetaucht war, erschreckt. Diesen Moment nutzte die Bande aus, um sich aus dem Staub zu machen.

Wütend wandte Frau Yu sich ihrer Tochter zu und kniff ihr ins Gesicht. »Essen, Essen, Essen, du hast nichts anderes im Kopf als Essen!«

Als ihre Mutter sie kniff, stiegen Jiang Yanli einige Tränen in die Augen. Sie murmelte: »Mutter, A-Xian und die anderen haben sich hier vor der Hitze versteckt. Ich bin von selbst hergekommen, bitte nehmt es ihnen nicht übel ... Möchtet ... Möchtet Ihr etwas von der Melone ...? Ich weiß nicht, von wem sie ist, aber sie ist sehr süß. Im Sommer Wassermelone zu essen, kühlt einen ab. Sie ist sowohl süß als auch saftig. Ich schneide sie Euch zurecht ...«

Je mehr Frau Yu über all das nachdachte, desto wütender wurde sie. Hinzu kam noch die Hitze, von der sie Durst bekam, sodass sie durch Jiang Yanlis Ausführungen wirklich Lust auf Melone entwickelte. Was sie nur umso wütender machte.

Mit Mühe und Not hatten die Jungen es geschafft, vom Lotuspier zu fliehen. Sie stürmten in Richtung des Piers und sprangen in ein Boot. Nachdem auch lange später niemand hinter ihnen hergerannt kam, war Wei Wuxian endlich erleichtert. Er ruderte ein paar Mal kräftig, spürte dann aber wieder den Schmerz auf seinem Rücken. Also schmiss er das Ruder wieder hin und ließ jemand anderen paddeln, während er die brennende Stelle abtastete.

»Das ist echt unfair. Jetzt mal ehrlich, wir haben doch alle keine Kleidung getragen, warum bin ich also der Einzige, der ausgeschimpft und geschlagen wird?«

»Bestimmt, weil dein halb nackter Anblick am meisten in den Augen schmerzt«, vermutete Jiang Cheng.

Wei Wuxian sah ihn an. Plötzlich sprang er ins kühle Nass. Und wie auf Kommando sprangen alle anderen hinterher, sodass Jiang Cheng innerhalb von Sekunden allein in dem Boot zurückblieb.

Der bemerkte, dass irgendetwas nicht stimmte. »Was zum Teufel habt ihr vor?!«

Wei Wuxian schwamm zu dem Boot und schlug einmal kräftig dagegen, sodass es vollständig umkippte und mit dem Rumpf nach oben zeigte.

Wei Wuxian lachte laut, sprang auf die Unterseite und setzte sich im Schneidersitz hin. In die Richtung, in die Jiang Cheng ins Wasser gefallen war, rief er: »Brennen deine Augen jetzt immer noch, Jiang Cheng? Gib mal einen Laut von dir, hey! Hey!«

Niemand reagierte auf seine Rufe, stattdessen erschien nur eine Reihe von Blasen an der Wasseroberfläche.

Wei Wuxian wischte sich das Gesicht ab und fragte verwundert: »Wieso braucht er so lange, um aufzutauchen?«

Der sechste Shidi erschrak und schwamm zu ihm rüber. »Er wird doch wohl nicht ertrunken sein?!«

Doch Wei Wuxian hielt das für unwahrscheinlich. »Quatsch!«

Gerade als er untertauchen und Jiang Cheng hochziehen wollte, vernahm er hinter sich plötzlich einen lauten Schrei. Vor Schreck schrie er ebenfalls, dann wurde er ins Wasser gezogen.

Das Boot drehte sich dabei wieder um.

Nachdem Jiang Cheng von Wei Wuxian in den See katapultiert worden war, hatte er einige Runden unter Wasser gedreht und war dabei hinter Wei Wuxian geschwommen.

Nachdem nun beiden ein Überraschungsangriff gelungen war, begannen sie, vorsichtig das Boot zu umkreisen. Die anderen hingegen plantschten herum und verteilten sich im See, um dem Spektakel zuzuschauen.

Wei Wuxian rief Jiang Cheng über das Boot hinweg prahlerisch zu: »Wozu die Waffe? Wenn du wirklich was draufhast, dann pack das Ruder beiseite und wir duellieren uns mit bloßen Händen.«

Jiang Cheng zog eine Grimasse. »Hältst du mich für blöd? Sobald ich es weglege, stürzt du dich darauf!« Er wedelte damit herum, sodass Wei Wuxian eilig zurückwich, während die Shidis alle jubelten.

Wei Wuxian hatte alle Hände voll damit zu tun, nicht von dem Ruder erwischt zu werden, und rechtfertigte sich, sobald er einen kurzen Moment dafür fand. »Als ob ich so schamlos wäre!«

Überall ertönten Buhrufe »Unglaublich, dass du das allen Ernstes von dir gibst, großer Shixiong*!«

Im Anschluss folgte eine wilde Wasserschlacht epischen Ausmaßes.

Wei Wuxian verpasste Jiang Cheng einen Tritt und es gelang ihm mit Mühe und Not, in das Boot zu klettern. Er spuckte das Seewasser in seinem Mund aus und hob die Hände. »Okay, hören wir auf! Waffenstillstand!«

Die Köpfe der anderen waren voller grüner Wasserpflanzen. Sie waren gerade in Fahrt gekommen und protestierten hastig: »Warum denn,

* Älteres, männliches Mitglied des gleichen Clans (entspricht vom Alter her einem großen Bruder).

kämpf weiter, komm schon! Flehst du um Gnade, weil du am Verlieren bist?«

»Wer sagt, dass ich um Gnade flehe? Lasst uns nachher weitermachen. Ich habe zu großen Hunger und deshalb keine Kraft mehr. Lasst uns erst was essen«, schlug Wei Wuxian vor.

Der sechste Shidi meinte: »Dann fahren wir zurück? Vor dem Abendessen könnten wir noch ein paar Melonen essen.«

»Wenn wir jetzt zurückfahren, gibt's für dich nichts als Peitschenhiebe«, meinte Jiang Cheng.

Doch Wei Wuxian hatte längst einen Plan und verkündete: »Wir fahren nicht zurück zum Lotuspier. Wir pflücken Lotuskapseln!«

»Du meinst wohl *stehlen*«, spottete Jiang Cheng.

»Es ist ja nicht so, als würden wir nicht jedes Mal im Nachhinein dafür aufkommen!«, warf Wei Wuxian ein.

Der Yunmeng-Jiang-Clan kümmerte sich gelegentlich um die Bewohner in dieser Gegend, indem er Wassergeister fing, ohne dafür eine Belohnung zu verlangen. In einem Umkreis von mehreren Dutzend Kilometern würden die Menschen ihnen nicht bloß ein paar Lotuskapseln schenken, sie würden sogar eine ganze Seefläche voller Lotusblüten bereitwillig ganz allein für sie anpflanzen. Und jedes Mal, wenn die Jungen die Wassermelonen der Bewohner aßen, deren Hühner fingen oder deren Hunde betäubten, schickte Jiang Fengmian im Nachhinein jemanden vorbei, der dafür aufkam.

Die Jungen stahlen nicht etwa, weil sie unmoralische Schnösel waren. In ihrer jugendlichen Naivität fanden sie es einfach lustig und hatten Spaß daran, wenn andere sie lachend verfolgten und ausschimpften.

Die Jungen stiegen ins Boot und paddelten eine Weile, ehe sie in die Nähe eines Lotusblütensees kamen.

Schichten jadegrüner Blätter bedeckten das riesige Gewässer, von denen einige so klein wie Teller waren, andere hingegen die Größe von

Regenschirmen erreichten. Die äußeren trieben flach auf der Wasseroberfläche und waren spärlicher verteilt. Jene, die sich weiter in der Mitte des Sees befanden, waren höher und dichter, sodass sie einen Menschen in einem Boot verdecken konnten.

Wenn die Lotusblätter sich bewegten, wusste man sofort, dass sich darin jemand versteckte und derjenige für die kleinen Regungen verantwortlich war.

Das kleine Boot des Lotuspiers tauchte in die jadegrüne Welt ein, in der überall riesige, pralle Lotuskapseln herabhingen.

Während einer der Jungen das Rudern übernahm, machten sich die anderen geschäftig daran, die Kapseln zu pflücken. Die großen wuchsen an den schmalen, glatten Lotusstängeln. Sie waren mit kleinen Dornen bewachsen, die einem jedoch nicht in die Hand stachen. Die Stängel ließen sich ganz einfach abbrechen.

Sie pflückten die Kapseln mitsamt der langen Stängel, sodass sie sie zu Hause in eine Vase stellen konnten, was sie angeblich einige Tage länger frisch und saftig hielt. Wei Wuxian hatte auch nur davon gehört und wusste nicht, ob dies tatsächlich wahr war, erzählte es den anderen aber, als wäre er felsenfest davon überzeugt.

Er pflückte einige Kapseln und schälte eine davon. Während er sich die zarten, saftigen Lotussamen in den Mund warf, murmelte er etwas vor sich hin: »Ich lade dich zu Lotuskapseln ein, wozu lädst du mich ein?«

Als Jiang Cheng ihn hörte, fragte er: »Wen lädst du ein?«

Wei Wuxian lachte. »Ha ha, jedenfalls nicht dich!« Er wollte gerade eine weitere Kapsel pflücken, um Jiang Cheng damit ins Gesicht zu schlagen, als er plötzlich seine Stimme senkte. »Pssst! So ein Mist, der alte Mann ist heute da!«

Mit dem alten Mann war der Bauer gemeint, der die Lotuskapseln in dieser Gegend anbaute. Wie alt er war, wusste Wei Wuxian eigentlich nicht. In seinen Augen war es aber so, dass Jiang Fengmian ein Onkel war, und jeder, der älter war als er, konnte als alter Mann bezeichnet werden.

Seit Wei Wuxian denken konnte, war der Bauer bereits hier gewesen. Und immer wenn Wei Wuxian im Sommer von ihm beim Lotuskapseln stehlen erwischt wurde, kassierte er Schläge.

Wei Wuxian fragte sich oft, ob der alte Mann vielleicht die Reinkarnation einer Lotuskapsel war, weil er immer ganz genau wusste, wie viele in seinem See fehlten, und Wei Wuxian für jede fehlende Kapsel je einen Schlag verpasste. Auf einem Lotusblütensee war ein Bambusstab praktischer als ein Ruder und jeder Schlag damit schmerzte höllisch!

Die anderen Jungen hatten ebenfalls bereits mehrere Male die Bekanntschaft mit dem Stab gemacht und flüsterten sofort: »Los, nichts wie weg hier!« Hastig ruderten sie und ergriffen Hals über Kopf die Flucht.

Nachdem sie es aus dem Meer an Lotusblüten geschafft hatten, warfen sie einen verstohlenen Blick zurück.

Der alte Mann hatte die großen Lotusblätter bereits hinter sich gelassen und glitt gerade über die freie Wasseroberfläche. Wei Wuxian neigte seinen Kopf, während er ihn eine Weile betrachte.

»Seltsam!«, rief er plötzlich.

Jiang Cheng stand auf. »Warum ist das Boot so schnell?«

Nun schauten auch die anderen genauer hin.

Der alte Mann war mit dem Rücken zu ihnen gewandt und zählte die Lotuskapseln in seinem Boot. Sein Bambusstab lag regungslos neben ihm, und doch glitt das Boot ruhig und schnell durchs Wasser, sogar noch schneller als das von Wei Wuxian und den anderen.

Die Jungen waren in Alarmbereitschaft.

Wei Wuxian drängte: »Lasst uns zu ihm rüberfahren.«

Als sie sich seinem Boot näherten, konnten die Jungen erkennen, dass ein verschwommener weißer Schatten unter der Wasseroberfläche umherschwirrte!

Wei Wuxian drehte sich um. Er hatte den Zeigefinger an seine Lippen gelegt und deutete den anderen, leise zu sein, um den alten Mann und den Wassergeist nicht zu erschrecken.

Jiang Cheng nickte.

Lautlos kräuselte sich das Wasser durch die winzigen Ruderbewegungen. Als die beiden Boote nur noch etwa zehn Meter voneinander entfernt waren, sahen sie, wie eine blauweiße, triefnasse Hand aus dem Wasser auftauchte und sich heimlich eine der zahlreichen Lotuskapseln aus dem Boot des alten Mannes schnappte. Anschließend tauchte die Hand mit ihrer Beute lautlos wieder unter Wasser. Einen kurzen Moment darauf trieben zwei Lotussamenschalen an der Wasseroberfläche.

Die Gruppe war starr vor Schreck.

Unfassbar, dieser Wassergeist stiehlt also ebenfalls Lotuskapseln!

Schließlich bemerkte der Alte, dass jemand hinter ihm war. Mit einer großen Lotuskapsel in der einen und dem Bambusstab in der anderen Hand drehte er sich um. Durch die Bewegung erschrak der Wassergeist und verschwand mit einem Platschen.

»Wo willst du hin?!«, rief die Menge ihm eilig hinterher.

Wei Wuxian stürzte sich ins Wasser und tauchte unter. Kurz darauf zog er etwas an die Wasseroberfläche.

»Erwischt!«

In seiner Hand hielt er einen kleinen Wassergeist. Seine Haut war blassblau und er sah aus wie ein Kind, das etwa zwölf oder dreizehn war. Überaus verängstigt schrumpfte er unter den Blicken der Jungen förmlich zusammen.

In diesem Moment segelte der Bambusstab des Alten auf Wei Wuxian zu und er schimpfte: »Schon wieder treibst du hier Unfug!«

Wei Wuxian hatte vorhin gerade erst einen Peitschenhieb auf den Rücken kassiert, sodass er nun, als er auch noch den Schlag des Bambusstabs abbekam, beinahe den Wassergeist losgelassen hätte.

Jiang Cheng wurde wütend. »Man kann doch über alles reden, warum schlagt Ihr einfach so zu? Wir haben es doch nur gut gemeint!«

Wei Wuxian ging eilig dazwischen. »Das macht nichts. Alter ... Werter Herr, wir sind keine Geister, nur das hier ist einer.«

Der alte Mann erwiderte: »Das sehe ich selbst. Ich bin zwar alt, aber nicht blind. Jetzt lass ihn endlich los!«

Wei Wuxian war verdutzt. Dann sah er den kleinen Wassergeist an, den er gefangen hatte und der sich gerade hastig vor ihm verbeugte. Mit seinen schimmernden schwarzen Augen sah er äußerst bemitleidenswert aus. Er umklammerte immer noch die große Lotuskapsel, die er gestohlen hatte, unwillig, sie loszulassen.

Er hatte sie zwar bereits geöffnet, aber wie es schien, hatte er kaum etwas von den Samen essen können, ehe er von Wei Wuxian aus dem Wasser gefischt worden war.

Jiang Cheng fand die Aussage des alten Mannes unvernünftig und meinte zu Wei Wuxian: »Lass ihn nicht los! Wir nehmen den Wassergeist mit nach Hause.«

Bei diesen Worten hob der alte Mann wieder seinen Bambusstab und Wei Wuxian lenkte hastig ein. »Nicht zuschlagen, bitte. Ich lasse ihn laufen.«

»Tu das nicht! Was, wenn er jemanden tötet?«, warf Jiang Cheng ein.

Wei Wuxian hielt das für unwahrscheinlich. »Von diesem Wassergeist geht kein Blutgeruch aus. Er ist jung, daher wird er diesen See nicht verlassen können, und in jüngster Zeit ist hier niemand zu Tode gekommen. Wahrscheinlich hat er keinem Menschen geschadet.«

Jiang Cheng hatte immer noch Bedenken. »Auch wenn er bisher niemanden verletzt hat, heißt das nicht unbedingt, dass er auch in Zukunft niemanden ...«

Noch bevor er den Satz beenden konnte, sauste auch schon der Bambusstab zischend auf ihn zu. Er erwischte Jiang Cheng, welcher wütend entgegnete: »Alter Mann, merkt Ihr denn nicht, dass wir es nur gut meinen?! Habt Ihr keine Angst davor, dass der Geist Euch schaden wird?!«

Doch der alte Mann blieb stur. »Ich stehe doch sowieso schon mit einem Fuß im Sarg, wieso sollte ich mich da noch vor Geistern fürchten?«

Wei Wuxian wusste, dass der Geist sowieso nicht weit kommen würde. »Hört auf, euch zu streiten, ich lasse ihn los!«

Und das tat er auch tatsächlich.

Der Wassergeist schwamm platschend hinter das Boot des alten Mannes und schien sich nicht mehr hervorzuwagen.

Triefnass kletterte Wei Wuxian zurück ins Boot.

Der alte Mann nahm eine seiner Lotuskapsel und warf sie ins Wasser, doch der Wassergeist ignorierte sie. Also nahm er eine noch größere und warf auch diese hinein. Die Kapsel trieb einen Moment an der Oberfläche, bis plötzlich die Hälfte des weißen Kopfs des Wassergeists aus dem Wasser ragte. Er biss zu und zog die beiden grünen Kapseln wie ein großer weißer Fisch mit seinem Mund unter Wasser. Wenige Momente später tauchte er erneut auf. Jetzt sah man auch seine weißen Schultern und Arme. Er kauerte sich hinter dem Boot zusammen und fing geräuschvoll an zu essen.

Verwundert sah die Menge dabei zu, wie er das Festmahl genoss.

Als Wei Wuxian sah, wie der alte Mann erneut eine Kapsel ins Wasser warf, strich er sich übers Kinn und fragte ein wenig beleidigt: »Werter Herr, wieso lasst Ihr ihn Eure Lotuskapseln stehlen und schenkt ihm sogar noch welche, während Ihr uns dafür schlagt, wenn wir dasselbe tun?«

»Er hilft mir, indem er das Boot schiebt, was ist also schon dabei, wenn ich ihm dafür ein paar Kapseln zu essen gebe? Und ihr Bälger? Wie viele habt ihr heute gestohlen?«, blaffte er sie an.

Die Jungen waren unangenehm berührt. Wei Wuxian sah aus dem Augenwinkel, dass sie mehrere Dutzend Kapseln im Boot hatten. Er wusste, dass das Ärger geben würde, also rief er hastig: »Nichts wie weg hier!«

Sofort ergriffen mehrere Jungen das Ruder. Der Alte schwang seinen Bambusstab und raste wie der Wind auf sie zu. Allein der Gedanke daran, dass der Stab sie jeden Moment erwischen konnte, versetzte sie in schiere Panik und sie paddelten wie Wahnsinnige.

Die beiden Boote umkreisten mehrere Male den großen Lotusblütensee. Das Boot des alten Mannes kam immer näher.

Wei Wuxian hatte bereits mehrere Schläge abbekommen und bemerkte, dass ihr Angreifer nur auf ihn zielte. Während er seinen Kopf mit den Händen schützend abschirmte, schrie er: »Das ist nicht fair! Wieso werde nur ich geschlagen?! Wieso schon wieder nur ich?!«

»Großer Shixiong, halte durch, wir verlassen uns auf dich!«, antworteten die Shidis und auch Jiang Cheng meinte: »Genau, halte durch.«

Wei Wuxian wurde wütend. »Pah! Ich kann nicht mehr!« Er nahm eine Kapsel aus dem Boot und warf sie ins Wasser. »Hol sie dir!«

Es war eine sehr große Kapsel. Als sie auf die Oberfläche traf, spritzte Wasser zu allen Seiten weg.

Fröhlich schwamm der Wassergeist zu der Kapsel, um sie zu essen, sodass das Boot des alten Mannes zum Stillstand kam.

Die Jungen im Boot des Lotuspiers nutzten die Gelegenheit, die sich ihnen endlich bot, und flohen.

Auf dem Rückweg fragte ein Shidi: »Großer Shixiong, können Geister denn etwas schmecken?«

»Normalerweise nicht, aber ich denke, dass der kleine Geist wahrscheinlich ... wahrscheinlich ... *Ha... Hatschi*!«

Die Sonne ging unter und eine kühle Brise kam auf. Wei Wuxian nieste erneut und rieb sich das Gesicht, ehe er fortfuhr. »Er wollte wahrscheinlich zu Lebzeiten Lotuskapseln probieren, sodass er heimlich hierhergekommen ist, um welche zu pflücken – und dabei ist er dann ertrunken. Deswegen ... *Ha...Ha...*«

»Deswegen ist es sein Wunsch, Lotuskapseln zu essen. Das ist es, was ihn zufriedenstellt«, fügte Jiang Cheng hinzu.

»Mhm, genau«, bestätigte Wei Wuxian.

Er tastete nach seinem Rücken, wo sich der Schmerz der alten Wunde mit dem der neuen vermischte. Schließlich konnte er nicht anders, als das auszusprechen, was er sich insgeheim fragte: »Aber das ist wirklich unfair. Warum bin ich jedes Mal der Einzige, der geschlagen wird, wenn mal etwas passiert?«

»Du bist der Attraktivste«, antwortete einer der Shidis.

»Du hast die höchsten Kultivierungsfertigkeiten«, ergänzte ein anderer.

»Du siehst unbekleidet am besten aus«, äußerte der Dritte.

Die Menge nickte einhellig.

»Danke für euren Lobgesang, da bekomme ich sogar ein wenig Gänsehaut«, meinte Wei Wuxian.

»Gerne doch, großer Shixiong. Jedes Mal beschützt du uns. Du verdienst noch mehr Lob!«, meinten die Shidis.

Wei Wuxian war überrascht. »Ach? Noch mehr? Lasst mal hören.«

Jiang Cheng konnte das nicht weiter ertragen. »Haltet alle den Mund! Wenn ihr so weitermacht, steche ich noch ein Loch ins Boot und wir gehen alle gemeinsam unter.«

Sie kamen an einer Stelle vorbei, an deren Ufern Felder waren. Mehrere kleine, zierliche Bäuerinnen arbeiteten dort gerade. Als sie das Boot sahen, rannten sie zum Wasser und grüßten die Jungen: »Hallooo!«

Die Jungen grüßten zurück und knufften Wei Wuxian alle in die Seite. »Großer Shixiong, sie rufen dich! Sie rufen dich!«

Wei Wuxian schaute zu den Frauen rüber. Sie waren ihnen schon mal begegnet, als er die Gruppe angeführt hatte. Seine Laune verbesserte sich schlagartig und er stand auf, um sie lächelnd zu grüßen. »Was gibt's?«

Das kleine Boot folgte dem Strom, während die Bäuerinnen am Ufer neben ihm herliefen.

»Ihr habt wieder Lotuskapseln gestohlen, oder?«

»Sagt schon, wie viele Schläge habt ihr kassiert?«

»Oder habt ihr wieder einen Wachhund betäubt?«

Als Jiang Cheng das hörte, hätte er Wei Wuxian am liebsten aus dem Boot gekickt. Gehässig meinte er: »Dein schlechter Ruf ist weit und breit bekannt. Du blamierst unseren Clan.«

Wei Wuxian rechtfertigte sich: »Sie haben ›ihr‹ gesagt. Wir sind doch eine Clique, wenn also, dann blamieren wir ihn alle.«

Während die beiden sich rauften, rief eine der Frauen: »Haben sie geschmeckt?«

Irgendwie schaffte es Wei Wuxian trotz des Handgemenges, auf ihre Frage einzugehen. »Wie bitte?«

»Die Wassermelonen, die wir euch geschenkt haben. Haben sie geschmeckt?«, wiederholte sie.

Wei Wuxian ging ein Licht auf. »Die waren also von euch. Ja, sie waren sehr lecker! Wieso seid ihr nicht reingekommen und geblieben? Wir hätten euch zum Tee eingeladen!«

Die Bäuerin lächelte. »Ihr wart nicht da, als wir sie vorbeigebracht haben, daher haben wir uns nicht getraut zu bleiben und haben sie einfach nur abgelegt. Wenn sie geschmeckt haben, ist ja alles gut!«

»Danke!« Wei Wuxian nahm einige große Lotuskapseln aus dem Boot. »Hier, die sind für euch. Kommt nächstes Mal rein und schaut mir beim Schwerttraining zu!«

Jiang Cheng prustete. »Als würde das irgendjemand sehen wollen.«

Ihr Boot näherte sich dem Ufer und Wei Wuxian warf die Lotuskapseln rüber. Obwohl er sich noch ziemlich weit weg befand, fielen sie den Frauen mit Leichtigkeit in die Hände. Dann nahm er einige und schob sie Jiang Cheng in die Arme. »Was stehst du da wie angewurzelt herum? Na los, mach auch mit.«

Nachdem Wei Wuxian sie ihm immer wieder zuschob, blieb Jiang Cheng nichts anderes übrig, als sie entgegenzunehmen. »Wobei soll ich mitmachen?«

»Du hast auch von den Wassermelonen gegessen, deswegen musst du die Geste auch erwidern. Komm schon, du musst dich nicht genieren, wirf sie, los, wirf!«

Jiang Cheng prustete. »Lächerlich, wieso sollte ich mich deswegen genieren?« Obwohl er das sagte, rührte er sich immer noch nicht. Die anderen Shidis hingegen hatten bereits freudig angefangen, den Frauen Lotuskapseln zuzuwerfen.

Wei Wuxian plapperte weiter: »Dann wirf doch. Wenn du ihnen jetzt welche zuwirfst, kannst du sie nächstes Mal fragen, ob die Lotuskapseln geschmeckt haben, und so erneut mit ihnen ins Gespräch kommen.«

Den Shidis ging ein Licht auf. »So ist das also, verstanden! Shixiong, du bist wirklich clever!«

»Da merkt man sofort, dass er so etwas häufiger tut!«

»Nicht doch, nicht doch, ha ha ha ha ...«

Eigentlich hatte Jiang Cheng gerade welche werfen wollen, verstand jedoch augenblicklich die Absicht dahinter, als er das hörte. Er fand es zutiefst beschämend und schälte eine Kapsel, um sie anschließend selbst zu essen.

Das Boot glitt durchs Wasser, während die Frauen ihm am Ufer tippelnd folgten. Sie fingen die smaragdgrünen Lotuskapseln, die die Jungen ihnen zuwarfen, und lachten beim Laufen.

Wei Wuxian legte seine rechte Hand an seine Augenbrauen und hielt Ausschau. Bei dem Anblick der Mädchen lachte und seufzte er.

Die Jungen fragten: »Was ist los, großer Shixiong?« – »Die Mädchen rennen uns hinterher, wieso seufzt du also?«

Wei Wuxian legte sich das Ruder über die Schulter und grinste. »Es ist nichts. Ich dachte nur daran, dass ich Lan Zhan aufrichtig dazu eingeladen habe, mich in Yunmeng zu besuchen, aber er es doch tatsächlich gewagt hat abzulehnen.«

Die Shidis reckten ihre Daumen in die Höhe. »Wow, typisch Lan Wangji!«

Voller Elan rief Wei Wuxian: »Klappe! Eines Tages werde ich ihn herzerren, ihn vom Boot kicken und dazu bringen, Lotuskapseln zu stehlen. Der alte Mann wird ihn mit seinem Bambusstab schlagen, sodass Lan Zhan mit mir vor ihm flüchten muss, ha ha ha ha ...«

Nachdem er ausgiebig gelacht hatte, drehte er sich um und entdeckte, dass Jiang Cheng am Ende des Boots saß und mit langem Gesicht eine Lotuskapsel aß. Allmählich ebbte sein Lachen ab und er seufzte. »Hach, einfach unverbesserlich.«

»Dann will ich sie halt selbst essen, na und?«, fuhr Jiang Cheng ihn wütend an.

»Also wirklich, Jiang Cheng. Aber was soll's, dir ist nicht mehr zu helfen. Dann iss eben für den Rest deines Lebens allein!«, entgegnete Wei Wuxian.

Und wieder einmal kehrte das kleine Boot mit reichlich Beute von seinem Lotuskapsel-Raubzug zurück.

In der Wolkennische.

Außerhalb der tiefen Berge war es im Juni sengend heiß. In den Bergen jedoch gab es einen ruhigen, kühlen Ort.

Im Korridor vor dem Klassenzimmer befanden sich zwei in weiß gekleidete Personen. Ihre Roben wehten sanft im aufkommenden Wind, während sie selbst bewegungslos verharrten.

Lan Xichen und Lan Wangji standen kerzengerade.

Kopfüber.

Keiner von beiden sagte etwas, ganz so, als wären sie bereits in den Meditationsmodus übergegangen. Das Plätschern des Bachs, das

Zwitschern und die Flügelschläge der Vögel waren die einzigen Geräusche, die man vernehmen konnte, sodass die Umgebung im Kontrast noch stiller wirkte.

Nach einer Weile meinte Lan Wangji plötzlich: »Bruder.«

Langsam erwachte Lan Xichen aus seiner Meditation, ohne mit dem Blick abzuschweifen. »Ja?«

Lan Wangji schwieg einen Moment lang, ehe er fragte: »Hast du schon mal Lotuskapseln gepflückt?«

Sein Bruder sah ihn an. »Nein.«

Wenn Schüler des Gusu-Lan-Clans Lotuskapseln essen wollten, mussten sie sie natürlich nicht selbst pflücken.

Lan Wangji nickte. »Bruder, weißt du …«

»Ja?«

»Lotuskapseln mit Stiel schmecken besser als welche ohne.«

»Ach? Davon habe ich tatsächlich noch nie etwas gehört. Wie kommst du auf einmal darauf?«

»Nur so. Die Zeit ist um, Handwechsel.«

Beide wechselten die Hand und stützten sich nun mit der linken statt mit der rechten vom Boden ab. Ihre Bewegung verlief synchron, lautlos und überaus ruhig.

Lan Xichen wollte gerade noch etwas fragen, als ihm etwas ins Auge fiel und er lächelte. »Wangji, du hast Besuch.«

Vom Ende des Holzkorridors kam langsam ein flauschiger, weißer Hase angehoppelt. Er schmiegte sich an Lan Wangjis linke Hand und wackelte mit seinem rosafarbenen Näschen.

»Wie hat er hierhergefunden?«, wunderte sich Lan Xichen.

»Geh zurück«, sagte Lan Wangji zu ihm.

Der weiße Hase hörte jedoch nicht auf ihn, sondern verbiss sich stattdessen im Ende von Lan Wangjis Stirnband. Er zog kräftig daran, ganz so, als würde er Lan Wangji wegzerren wollen.

Ruhig sagte Lan Xichen: »Wahrscheinlich möchte er, dass du ihm Gesellschaft leistest.«

Wütend darüber, dass er Lan Wangji nicht vom Fleck bewegen konnte, hoppelte der Hase um die beiden herum.

Lan Xichen sah vergnügt zu. »Ist das der, der so gern Unsinn macht?«

»Allerdings«, bestätigte Lan Wangji.

»Es macht nichts, wenn er Schabernack treibt, das ist doch niedlich. Wenn ich mich richtig erinnere, waren es zwei. Sind die beiden nicht immer zusammen? Wieso ist dann nur er hergekommen? Kann es sein, dass der andere es lieber ruhig mag und deswegen nicht mitgegangen ist?«

»Er wird kommen.«

Es kam, wie Lan Wangji vorausgesagt hatte. Kurze Zeit später tauchte ein weiteres schneeweißes Köpfchen am Ende des Holzkorridors auf.

Der andere Hase war dem ersten gefolgt und hatte nach seinem Kameraden gesucht.

Die beiden Schneebälle jagten sich eine Weile gegenseitig, ehe sie schließlich einen Platz, und zwar den neben Lan Wangjis linker Hand, auswählten, um sich dort friedlich einzukuscheln.

Sie schmiegten sich eng aneinander und boten, selbst kopfüber betrachtet, einen überaus niedlichen Anblick.

»Wie heißen sie?« wollte Lan Xichen wissen.

Lan Wangji schüttelte den Kopf und es war ungewiss, ob er damit meinte, dass sie keine Namen hatten oder dass er sie nicht verraten wollte.

Doch Lan Xichen sagte: »Ich habe letztes Mal gehört, wie du sie genannt hast.«

»...«

Voller Ehrlichkeit fügte Lan Xichen hinzu: »Es sind sehr schöne Namen.«

Lan Wangji wechselte die Hand.

»Die Zeit ist noch nicht vorüber«, erinnerte ihn Lan Xichen.

Kommentarlos und leise wechselte Lan Wangji zurück zur linken Hand.

Nach einer halben Stunde war die Zeit für den Handstand um. Die beiden kehrten in die Empfangshalle zurück und setzten sich still hin. Ein Diener brachte ihnen gekühlte Melone zur Erfrischung gegen die Hitze. Er hatte die Schale entfernt und das Fruchtfleisch in gleichmäßige Stücke geschnitten. Die roten, leicht schimmernden Melonenstücke auf dem Jadeteller sahen überaus ansprechend aus.

Die beiden Brüder saßen auf Bambusmatten. In gemäßigter Lautstärke tauschten sie sich darüber aus, was sie gestern im Unterricht gelernt hatten, ehe sie anfingen zu essen.

Lan Xichen griff nach einem Melonenstück. Als er jedoch bemerkte, dass Lan Wangji den Jadeteller nur gedankenverloren anstarrte, hielt er inne.

Wie erwartet fing Lan Wangji an zu sprechen: »Bruder.«

»Ja?«

»Hast du schon einmal Melonenschale gegessen?«

Nach einer kurzen Pause fragte Lan Xichen nach: »Kann man die denn essen?«

Lan Wangji schwieg einen Moment, ehe er antwortete: »Ich habe gehört, man kann sie anbraten.«

»Vielleicht kann man das«, meinte Lan Xichen.

»Ich habe gehört, dass sie hervorragend schmeckt«, fügte Lan Wangji hinzu.

»Ich habe noch nie welche probiert.«

»Ich auch nicht.«

»Hm ...« Lan Xichen schlug vor: »Sollen wir unsere Köche bitten, das auszuprobieren?«

Lan Wangji dachte darüber nach, ehe er mit ernster Miene den Kopf schüttelte.

Lan Xichen seufzte. Er wusste nicht wieso, aber er hatte das Gefühl, dass er gar nicht nachfragen musste, von wem Lan Wangji das gehört hatte ...

Am nächsten Tag ging Lan Wangji allein den Berg hinab.

Dies war zwar nicht ungewöhnlich, die Tatsache, dass er allein den überfüllten Markt besuchte, allerdings schon.

Überall gingen Menschen auf und ab. Weder in den Hauptsitzen der Kultivierungsclans noch in den Jagdgründen in den Bergen tummelten sich so viele Menschen. Selbst bei den Diskussionskonferenzen, wo viele Leute zusammenkamen, lief alles überaus geordnet ab. Anders als hier, wo sich die Menschen drängelnd fortbewegten, sodass es kein Wunder war, wenn man sich gegenseitig auf die Füße trat oder dass Wägen zusammenstießen.

Lan Wangji hatte Körperkontakt noch nie gemocht, sodass er bei diesem Anblick erst einmal innehielt. Er trat jedoch nicht den Rückzug an und wollte jemanden nach dem Weg fragen. Zu seiner Überraschung fand er allerdings auch nach einer ganzen Weile niemanden, den er hätte fragen können.

Erst jetzt bemerkte Lan Wangji, dass nicht nur er den anderen nicht zu nahe kommen wollte, sondern auch sie Abstand zu ihm hielten. Seine ganze Erscheinung passte einfach in keiner Weise zu dem lärmenden Markt.

Er war makellos sauber und trug zudem auch noch ein Schwert auf dem Rücken. Selten hatten die Händler, Bauern und Passanten einen jungen Herrn wie ihn gesehen, sodass sie ihm hastig aus dem Weg gingen. Entweder befürchteten sie, dass er ein wohlhabender Schnösel war, sodass keiner ihn versehentlich provozieren wollte, oder aber sie hatten Angst, weil er so streng und kalt dreinblickte. Sogar Lan Xichen hatte Witze darüber gemacht, dass in einem Radius von zwei Metern um ihn herum eine eisige Kälte herrschte, in der kein Grashalm wuchs. Nur die Frauen vom Markt schielten zu Lan Wangji, als er an ihnen vorbeiging. Da sie es jedoch nicht wagten, ihn zu lange anzuschauen, taten sie schnell wieder so, als wären sie mit etwas in ihren Händen beschäftigt und senkten die Köpfe – nur um kurz darauf erneut den Blick zu heben. Nachdem er an ihnen vorbeigegangen war, versammelten sie sich und kicherten.

Es dauerte ziemlich lange, bis Lan Wangji eine alte Frau, die gerade vor ihrem Haus fegte, entdeckte und sie ansprach. »Entschuldigt bitte, wo liegt der nächste Lotusteich?«

Die alte Frau hatte schlechte Augen und der Staub verminderte ihre Sicht zusätzlich. Ohne ihn genau erkennen zu können, gab sie keuchend Auskunft. »Wenn Ihr etwa vier Kilometer in diese Richtung geht, gelangt Ihr zu einer Familie, die über einen Hektar Lotus anpflanzt.«

Lan Wangji nickte. »Vielen Dank.«

Die alte Frau gab ihm einen weiteren Hinweis. »Junger Herr, abends ist einem der Zugang zu dem Lotusteich nicht mehr gestattet. Wenn Ihr dorthin wollt, solltet ihr Euch beeilen und gehen, solang es noch hell ist.«

Erneut meinte Lan Wangji: »Vielen Dank.«

Er wollte gerade gehen, als er sah, wie sie vergeblich versuchte, mit einem langen, dünnen Bambusstab einen vertrockneten Ast herunterzuholen, der unter ihrem Dach klemmte.

Lan Wangji zeigte auf den Ast und sandte die spirituelle Energie seines Schwerts aus. Der Ast fiel herunter, woraufhin er sich umdrehte und in die Richtung ging, die die alte Frau ihm gewiesen hatte.

Bei seiner Geschwindigkeit waren vier Kilometer keine große Entfernung. Nach fünfhundert Metern hatte er den Marktplatz hinter sich gelassen. Nach einem Kilometer umgaben ihn allmählich immer weniger Häuser und Menschen. Nach zwei Kilometern waren zu beiden Seiten nur noch Berge, Felder und Ackerfurchen zu sehen. Gelegentlich kam er an kleinen, schrägen Häusern vorbei, aus denen Rauch aus den Schornsteinen aufstieg.

In einer Furche hockten einige Kleinkinder mit hochgebundenen Zöpfen und beschmierten sich lachend gegenseitig mit Schlamm. Dieser Anblick war so faszinierend, dass Lan Wangji stoppte und ihnen zuschaute. Schnell wurde er jedoch entdeckt und die kleinen Kinder, die noch fremdelten, waren im Nu verschwunden. Also setzte er seinen Weg fort.

Nach zweieinhalb Kilometern spürte Lan Wangji etwas Kaltes auf seinem Gesicht. Leichter Nieselregen fiel herab und wurde durch eine sanfte Brise zu ihm geweht.

Er schaute zum Himmel hinauf und tatsächlich näherten sich graue, imposante Wolken. Augenblicklich beschleunigte er seine Schritte, doch der Regen war schneller.

Plötzlich sah er, dass vor ihm neben der Ackerfurche am Wegesrand ein halbes Dutzend Menschen stand. Der leichte Nieselregen hatte sich mittlerweile in einen Schauer verwandelt, doch diese Menschen hatten weder Schirme, noch stellten sie sich unter. Sie standen um etwas herum und waren so vertieft darin, sich dem Geschehen zu widmen, dass sie überhaupt nichts anderes wahrnahmen.

Lan Wangji ging näher heran und sah einen Bauern, der auf dem Boden lag und schmerzlich schrie. Nach kurzem Zuhören begriff er, was vorgefallen war.

Dieser Mann war während der Feldarbeit vom Ochsen eines anderen Bauern gerammt worden. Er hatte sich wohl an der Hüfte verletzt und ein Bein gebrochen, sodass er nicht mehr aufstehen konnte. Für seinen Fehler war der Ochse weit weg an das Ende des Felds verbannt worden, wo er nun seinen Kopf hängen ließ, mit dem Schwanz wedelte und es nicht wagte näher zu kommen. Sein Besitzer war losgezogen, um einen Arzt zu holen. Aus Angst, dem Verletzten versehentlich etwas auszukugeln, trauten sich die restlichen Bauern nicht, ihn unbedacht zu bewegen, und konnten lediglich auf ihn aufpassen.

Doch leider hatte es nun plötzlich angefangen zu regnen. Anfangs war es nur ein leichter, erträglicher Schauer gewesen, der sich jedoch im Nu in Starkregen verwandelt hatte.

Da der Regen immer stärker wurde, war einer der Bauern nach Hause geeilt, um Schirme zu holen. Sein Haus lag jedoch weit entfernt, also würde es dauern, bis er wieder zurückkam. Die anderen wurden unruhig und schützten den Verletzten so gut es ging mit ihren Händen vor dem Regen. Doch so konnte es nicht weitergehen. Selbst wenn der Bauer die Schirme bringen würde, so wären es doch nur wenige. Und man konnte ja unmöglich nur einige Personen vor dem Regen schützen, während die anderen weiterhin durchnässt würden?!

Einer fluchte: »So ein verdammter Mist! Es schüttet plötzlich wie aus Eimern.«

Ein anderer meinte: »Lasst uns den Unterstand dort aufrichten und unter ihm etwas Schutz suchen.«

Unweit von ihnen entfernt befand sich ein alter, verlassener Unterstand mit vier Holzpfeilern. Einer der Pfeiler war schief und ein anderer durch die Witterung morsch.

»Wir sollen ihn doch nicht bewegen?«, warf einer zögerlich ein.

»Ei… Einige Schritte machen wahrscheinlich nichts aus.«

Ganz vorsichtig brachte die Menge den Verletzten rüber. Zwei von ihnen versuchten, den heruntergekommenen Unterstand zu stützen, was ihnen jedoch trotz der vereinten Kräfte nicht gelang. Die anderen drängten sie, sodass sie ihre ganze Kraft mobilisierten und knallrot anliefen – ohne dass sich der Unterstand aber auch nur um einen Millimeter bewegte. Zwei weitere kamen hinzu, und doch konnten sie ihn immer noch nicht anheben!

Die Dachkonstruktion des Unterstands bestand aus Holz und war mit Ziegelsteinen, Silberhaargras und Lehm bedeckt. Er war somit keinesfalls leicht. Allerdings hätte er auch nicht so schwer sein dürfen, dass vier Bauern, die das ganze Jahr über Landarbeit verrichteten, ihn nicht stemmen konnten.

Noch bevor Lan Wangji näher kam, wusste er bereits, was los war. Er trat vor den Holzunterstand und bückte sich. Anschließend hob er eine Ecke des Dachs an und hievte es mit einer Hand hoch.

Die Bauern waren fassungslos.

Dieser junge Mann stemmte einhändig das Dach, das selbst für vier Bauern zusammen zu schwer gewesen war!

Nachdem sie aus ihrer Schockstarre erwacht waren, flüsterte einer von ihnen den anderen etwas zu. Einen Moment lang zögerten sie, ehe sie gemeinsam den verletzten Bauern rüber trugen. Als sie unter den Unterstand traten, schielten sie zu Lan Wangji, der hingegen unbeirrt weiter mit dem Dach in der Hand geradeaus schaute.

Nachdem sie den Verwundeten abgelegt hatten, gingen zwei von ihnen zu Lan Wangji.

»Nun ... junger Herr, Ihr könnt loslassen, wir können das übernehmen.«

Lan Wangji schüttelte den Kopf. Doch die beiden Bauern bestanden darauf.

»Ihr seid zu jung, das werdet Ihr nicht durchhalten.«

Noch während sie sprachen, hoben sie ihre Hände, um ihm beim Stützen zu helfen. Lan Wangji warf ihnen einen Blick zu, sagte aber nichts. Er ließ ein wenig locker, woraufhin sich die Mienen der beiden Bauern schlagartig veränderten. Daraufhin wandte er seinen Blick von ihnen ab und setzte wieder so viel Kraft ein wie zuvor. Verlegen hockten sich die beiden Bauern wieder hin.

Der Unterstand war noch schwerer, als sie es sich vorgestellt hatten. Ohne den jungen Mann würden sie ihn nicht stemmen können.

Einem der Bauern lief ein Schauer über den Rücken. »Seltsam. Wieso ist es hier drin kälter als draußen?«

Keiner von ihnen sah, dass in der Mitte des Unterstands eine Gestalt mit trockenem Haar, langer Zunge und zerschlissenen Kleidern von der Decke herunterhing. Draußen regnete und stürmte es, während die Gestalt drinnen, umgeben von einem düsteren Yin-Wind, hin und her schwang.

Ebenjene dunkle Kreatur war der Grund dafür, weshalb das Dach so unnatürlich schwer war und wieso es normale Menschen nicht anheben konnten.

Lan Wangji hatte keine Hilfsmittel bei sich, mit denen er sie hätte erlösen können. Da diese Kreatur nicht die Absicht hegte, anderen zu schaden, konnte er natürlich nicht einfach so ihre Seele vernichten. Und so wie es aussah, konnte er sie wohl auch so schnell nicht davon überzeugen, von dort oben herunterzukommen, sodass ihm nichts anderes übrig blieb, als das Dach zu stützen. Er würde später Bericht erstatten und jemanden vorbeischicken, der sich um diese Angelegenheit kümmern sollte.

Eine Weile schwang die dunkle Kreatur hinter Lan Wangjis Rücken herum. Sie wurde vom Wind hin und her geweht, während sie sich beschwerte. »Ganz schön kalt ...«

»...«

Sie sah sich links und rechts um und näherte sich einem der Bauern, augenscheinlich um sich etwas zu wärmen. Den Bauern überkam ein plötzlicher Schauer. Lan Wangji schaute leicht zur Seite und warf der Kreatur aus dem Augenwinkel einen überaus kalten und strengen Blick zu.

Nun fröstelte es auch die Kreatur kurz, sodass sie sich widerwillig zurückzog. Allerdings streckte sie vorher noch ihre lange Zunge aus und klagte: »Es regnet ... Es regnet so stark und wenn man den Unterstand so hochhält ... ist es wirklich kalt ...«

»…«

Bis der Arzt eintraf, wagten die Bauern es nicht, Lan Wangji anzusprechen. Als der Regen aufhörte, schafften sie den Verletzten unter dem Unterstand heraus. Lan Wangji setzte das Dach wieder ab und ging ohne ein Wort weiter.

Als er am Lotusteich ankam, war die Sonne bereits untergegangen. Er wollte gerade den Teich betreten, als vor ihm ein kleines Boot auftauchte, in dem eine Frau mittleren Alters saß. »Hey, hey, hey! Was machst du da?«

»Lotuskapseln pflücken«, antwortete Lan Wangji.

»Die Sonne ist bereits untergegangen. Im Dunkeln lassen wir niemanden auf den Teich. Heute geht es nicht, komm wann anders wieder!«

»Ich bleibe nicht lange und gehe sofort wieder.«

Doch die Frau ließ sich nicht erweichen. »Es geht nun mal nicht. Das sind die Regeln, und die habe nicht ich festgelegt. Da müsstest du den Besitzer fragen.«

»Wo ist er?«

»Er ist längst gegangen. Daher bringt es auch nichts, mich zu fragen. Wenn ich dir Zutritt zum Teich gewähre, wird der Besitzer mich dafür ausschimpfen, also mach es mir bitte nicht so schwer.«

Als Lan Wangji dies hörte, beharrte er nicht weiter darauf und nickte höflich. »Entschuldigt die Störung.«

Auch wenn sein Gesichtsausdruck ruhig wirkte, so sah man ihm doch eine gewisse Enttäuschung an.

Die Frau bemerkte, dass seine Kleidung zwar schneeweiß, jedoch zur Hälfte vom Regen durchnässt worden war. Auch klebte Schmutz an seinen weißen Schuhen, sodass ihre Stimme nun sanfter wurde. »Heute ist es zu spät, komm doch morgen wieder. Wo kommst du denn her? Es hat gerade so heftig geregnet, du bist doch wohl nicht durch den Regen hierher gerannt, Junge? Warum hast du denn keinen Schirm dabei? Wie weit ist dein Zuhause denn von hier entfernt?«

Lan Wangji antwortete wahrheitsgemäß: »Siebzehn Kilometer.«

Als die Frau das hörte, verschlug es ihr die Sprache. »So weit weg! Dann hast du sicher lange gebraucht, um herzukommen. Wenn du wirklich so sehr Lotuskapseln essen möchtest, kannst du sie doch an einem Straßenstand kaufen. Da gibt es sie in Hülle und Fülle.«

Lan Wangji wollte sich gerade umdrehen, stoppte jedoch bei ihren Worten. »Dort gibt es keine mit Stängeln.«

Die Frau war verwundert. »Möchtest du etwa unbedingt welche mit Stängeln? Das macht doch keinen Unterschied im Geschmack.«

»Doch.«

»Nein!«

Lan Wangji blieb stur. »Doch. Das hat mir jemand erzählt.«

Die Frau prustete. »Wer hat dir das bloß erzählt? Was für ein sturer junger Mann du bist. Da hat dir aber jemand ganz schöne Flausen in den Kopf gesetzt!«

Lan Wangji sagte nichts, senkte den Kopf und drehte sich um, um zu gehen.

Wieder rief die Frau: »Ist dein Zuhause wirklich so weit weg?«

»Mhm.«

»Wie wäre es dann ... wenn du heute nicht zurückkehrst? Du könntest dir in der Nähe ein Gasthaus suchen und morgen wiederkommen?«

»Wir haben eine Ausgangssperre. Morgen habe ich Unterricht.«

Die Frau kratzte sich am Kopf. Sie tat sich sehr schwer, ehe sie schließlich nachgab. »Gut ... dann darfst du auf den Teich, aber wirklich nur ganz kurz. Wenn du welche pflücken willst, dann beeil dich. Wenn uns jemand sieht und mich beim Besitzer verpfeift, bin ich dran. Und in meinem Alter will ich wirklich keine Schelte mehr bekommen.«

Die Wolkennische nach dem Regenschauer.

Nach dem Regen waren die Magnolien besonders frisch und schön. Lan Xichen war entzückt von ihrem Anblick. Er breitete ein Blatt Papier auf seinem Schreibtisch aus, blickte aus dem Fenster und begann zu malen.

Durch die Ornamente des Fensters sah er, wie eine in Weiß gekleidete Gestalt langsam näher kam. Ohne den Pinsel niederzulegen grüßte Lan Xichen sie. »Wangji.«

Lan Wangji trat an das Fenster und erwiderte den Gruß. »Bruder.«

»Du hast gestern Lotuskapseln erwähnt. Zufällig hat Onkel heute jemanden gebeten, welche zu kaufen. Möchtest du welche essen?«

Lan Wangji stand draußen vor dem Fenster und antwortete: »Das habe ich schon.«

Etwas verwundert hakte Lan Xichen nach. »Du hast schon welche gegessen?«

»Mhm.«

Die Brüder tauschten noch einige Worte aus, ehe Lan Wangji ins *Ruhezimmer* zurückging.

Nachdem Lan Xichen mit seinem Bild fertig war, betrachtete er es eine Weile. Anschließend packte er es weg und befasste sich gedanklich nicht weiter damit. Er holte seine Flöte Liebing hervor und begab sich an den Ort, an dem er üblicherweise die *Melodie der Klarheit* übte.

Vor dem kleinen Haus blühten Enzianbüsche in einem sanften Violett und leuchteten dabei wie die Sterne. Lan Xichen folgte dem kleinen Weg bis zum Haus. Als er den Blick hob, war er leicht verblüfft.

Auf der Veranda stand eine weiße Vase aus Jade, in der sich einige Lotuskapseln unterschiedlicher Größen befanden. Die Vase war lang und schmal, ebenso wie die Stängel, an denen die Kapseln hingen. Der Anblick war wunderschön.

Lan Xichen steckte Liebing ein und setzte sich vor das Gefäß. Er neigte seinen Kopf und haderte eine Weile mit sich. Letztendlich widerstand er aber der Versuchung, heimlich eine zu probieren, um zu sehen, wie sehr sich der Geschmack der Lotuskapseln mit Stängeln von dem der anderen unterschied. Lan Wangji hatte so glücklich ausgesehen, also mussten sie wohl wirklich hervorragend schmecken.

Extrakapitel:

Yunmeng

Als Lan Wangji zurückkehrte, hatte Wei Wuxian bereits bis über tausenddreihundert gezählt.

»Tausenddreihundertneunundsechzig, tausenddreihundertsiebzig, tausenddreihunderteinundsiebzig …«

Wieder und wieder hob er sein Bein und ein bunter Federfußball* flog zwischen Fuß und Himmel hin und her. Erst flog er hoch in die Luft, ehe er wieder kontrolliert herunterfiel. Anschließend flog er noch höher und sank erneut langsam wieder in Richtung Boden. Es war, als hätte man ihn an einen durchsichtigen Faden gebunden, der es ihm unmöglich machte, sich von Wei Wuxians Körper zu lösen. Gleichzeitig schienen auch die Blicke der Kinder, die an der Seite standen und gebannt zuschauten, über durchsichtige Fäden mit ihm verbunden zu sein.

Lan Wangji hörte, wie Wei Wuxian weiterzählte.

»Tausenddreihundertzweiundsiebzig, tausenddreihunderteinundachtzig …«

Still sah er ihm dabei zu.

Unter den bewundernden Blicken der Kinder schummelte Wei Wuxian einfach ganz offen. Diese gewaltigen Zahlen hatten den Rotznasen bereits sämtliches Urteilsvermögen geraubt, sodass kein einziges von ihnen bemerkte, dass sie nicht stimmten.

Lan Wangji sah dabei zu, wie Wei Wuxian einfach so beim Zählen von *zweiundsiebzig* zu *einundachtzig* sprang, und dann von *einundachtzig* zu *neunzig*.

Gerade setzte er zum nächsten Sprung an, als er Lan Wangji erblickte. Seine Augen leuchteten auf und er wollte nach ihm rufen, wodurch er bei seinem nächsten Kick zu viel Kraft aufwendete. Der knallbunte Federfußball flog über Wei Wuxians Kopf hinter seinen Rücken. Als der bemerkte, dass der Ball kurz davor war, zu Boden zu fallen, kickte er hastig nach hinten und rettete ihn mit seiner Ferse.

* Besteht aus einem Gummikörper mit Federn. Wird mit dem Fuß, aber auch mit dem Knie oder der Brust gekickt.

Der Tritt war der bisher höchste, begleitet von einem widerhallenden »Tausendsechshundert!«

Ein Raunen ging durch die Reihen der Kinder, während sie eifrig applaudierten.

Nachdem das Ergebnis feststand, jauchzte ein kleines Mädchen: »Tausendsechshundert! Er hat gewonnen, ihr habt verloren!«

Voller Elan und ohne jede Scham nahm Wei Wuxian seinen Sieg an. Auch Lan Wangji klatschte einige Male in die Hände.

Ein Junge biss sich jedoch in den Finger und runzelte heftig die Stirn. »Ich habe das Gefühl ... dass das nicht stimmt.«

»Inwiefern?«, fragte Wei Wuxian.

»Wieso kommt nach der Neunzig plötzlich Hundert? Das ist bestimmt nicht richtig«, äußerte der Junge seinen Verdacht.

Die Gruppe hatte sich in zwei Lager gespalten.

Das eine stand ganz eindeutig unter dem Einfluss von Wei Wuxian und nörgelte: »Das ist unmöglich. Du machst doch bloß eine Szene, weil du nicht verlieren willst!«

Auch Wei Wuxian diskutierte mit ihm. »Wieso sollte nach der Neunzig denn nicht die Hundert kommen? Zähl doch selbst mal nach, was kommt nach neun?«

Der Junge hob seine Finger und zählte angestrengt, bis er nach einer halben Ewigkeit die Zahlen zusammenhatte. »... sieben, acht, neun, zehn ...«

Sofort sagte Wei Wuxian: »Siehst du, nach neun kommt zehn, also kommt nach neunzig doch mit Sicherheit hundert.«

Der Junge war unschlüssig. »Ist das so ...? Nein, oder?«

»Wieso sollte es nicht so sein? Wenn du mir nicht glaubst, dann fragen wir doch einfach irgendeinen Passanten«, schlug Wei Wuxian vor.

Er schaute sich überall um, ehe er sich mit der Hand auf den Oberschenkel schlug. »Ah, gefunden. Der junge Herr, der so überaus verlässlich aussieht, bleibt doch bitte stehen!«

»…« Lan Wangji tat, wie ihm geheißen. »Ja?«

»Dürfte ich Euch eine Frage stellen?«, meinte Wei Wuxian.

»Ja.«

»Entschuldigt bitte, aber was kommt nach neunzig?«

»Hundert«, entgegnete Lan Wangji.

Höflich verschränkte Wei Wuxian zum Dank die Hände vor der Brust. »Habt vielen Dank.«

Lan Wangji nickte. »Gern.«

Grinsend nickte Wei Wuxian ebenfalls und drehte sich anschließend zu dem Jungen. »Siehst du?«

Der Junge traute Wei Wuxian nicht wirklich über den Weg, da der so schelmisch über das ganze Gesicht grinste. Doch als er Lan Wangji sah, überkam ihn automatisch eine gewisse Ehrfurcht.

Beim Anblick dieses überirdisch schönen jungen Herrn, der von Kopf bis Fuß in schneeweiße Kleidung gehüllt war und an dessen Schwert eine Jadequaste hing, war er sofort überzeugt und murmelte: »So zählt man also …«

Die Kinder summten: »Tausendsechshundert gegen dreihundert, du hast verloren!«

»Dann habe ich eben verloren«, gestand der Junge unwillig ein. Dann streckte er einen Stiel mit kandierten Weißdornfrüchten* in Wei Wuxians Richtung und brüllte: »Du hast gewonnen! Hier, deiner!«

Nachdem die Kinder fort waren, steckte sich Wei Wuxian den Stiel mit den kandierten Früchten in den Mund. »Hanguang-Jun, du hast mich vor einer Blamage bewahrt.«

Erst jetzt kam Lan Wangji zu ihm rüber. »Du musstest lange auf mich warten.«

Wei Wuxian schüttelte den Kopf. »Nein, es war nicht lange, du warst kaum weg. Ich hatte den Federfußball auch erst etwas mehr als dreihundert Mal gekickt.«

»Tausendsechshundert Mal«, korrigierte Lan Wangji.

* Beliebter chinesischer Snack.

Wei Wuxian lachte und biss eine Weißdornbeere ab.

Lan Wangji wollte gerade noch etwas sagen, als er etwas Kühles an seinen Lippen spürte und Süße seine Zunge flutete. Wei Wuxian hatte ihm den Spieß mit den kandierten Weißdornfrüchten in den Mund gesteckt.

Wei Wuxian sah, dass etwas mit seinem Gesichtsausdruck nicht stimmte. »Magst du Süßes etwa nicht?«

Lan Wangji hielt den Spieß im Mund, ohne von ihm abzubeißen, aber auch ohne ihn auszuspucken, sodass er nicht sprechen konnte.

»Wenn du nichts Süßes isst, dann gib ihn mir zurück«, forderte Wei Wuxian. Er griff nach dem dünnen Spieß und wollte ihn herausziehen, doch auch nach mehreren Versuchen gelang es ihm nicht. Wie es schien, hatte Lan Wangji sich daran festgebissen. Wei Wuxian grinste. »Isst du sie nun oder nicht?«

Lan Wangji biss eine Weißdornbeere ab. »Ja.«

»So ist's richtig. Wenn du sie essen willst, dann sag es einfach. So warst du wirklich schon immer. Wenn du etwas wolltest, hast du das immer in dich hineingefressen und nie frei heraus gesagt.«

Er lachte eine Weile, ehe sie langsam in Richtung Stadt gingen.

Wei Wuxian liebte es seit jeher, sich auf den Straßen zu vergnügen, und war zudem sehr gierig. Er rannte schnell durch die Gegend und wollte alles haben. Wenn er etwas Interessantes sah, musste er es unbedingt anfassen, ebenso wie er unbedingt alles probieren musste, von dem ein herrlicher Geruch ausging. Er ermutigte Lan Wangji dazu, einige Snacks zu probieren, die dieser sonst sicher niemals angerührt hätte. Und jedes Mal, wenn Wei Wuxian bemerkte, dass er zu Ende gekaut hatte, fragte er: »Wie war's? Wie war's?« Ab und zu antwortete Lan Wangji mit »Gut«, manchmal auch mit »Sehr gut«, meistens jedoch mit »Seltsam«. Und jedes Mal, wenn das geschah, holte sich Wei Wuxian lachend das Essen zurück und gab ihm nichts mehr davon ab.

Eigentlich hatten sie einen Ort gesucht, wo sie zu Mittag essen konnten, doch Wei Wuxian hatte sich auf dem ganzen Weg den Bauch vollgeschlagen. Schließlich bewegte er sich aber so träge, dass die beiden in einen Suppenladen gingen und dort aßen.

Wei Wuxian griff mit seinen Stäbchen nach einem Stück Rettich, spielte damit herum und aß es, während er auf die Suppe mit Lotus und Schweinerippchen wartete, die er bestellt hatte. Als Lan Wangji aufstand, fragte er verwundert: »Was machst du?«

»Ich komme gleich wieder«, entgegnete Lan Wangji und war kurz darauf zurück.

Zur selben Zeit wurde auch die Suppe serviert. Wei Wuxian probierte einen Schluck und als der Kellner fort war, flüsterte er Lan Wangji zu: »Sie schmeckt nicht.«

Lan Wangji nahm einen kleinen Löffel und probierte gerade mal so viel, dass er etwas schmeckte. »Was daran?«

Wei Wuxian rührte mit dem Löffel in der Schüssel. »Die Lotusstücke dürfen nicht so hart sein, es ist besser, wenn sie weicher und rosafarbener sind. Zudem ist dieser Laden bei den Gewürzen nicht mutig genug, und wenn die Suppe nicht lange genug kocht, nimmt sie auch keinen Geschmack an. Jedenfalls schmeckt sie nicht so gut wie die Suppe meiner Shijie.«

Das hatte er nur so dahingesagt und er war eigentlich davon ausgegangen, dass Lan Wangji höchstens ein »Mhm« erwidern und aufmerksam zuhören würde. Doch dieser schenkte ihm nicht nur seine Aufmerksamkeit, sondern stellte sogar noch Gegenfragen. »Wie wählt man die richtigen Gewürze aus? Und wie nimmt die Suppe den Geschmack richtig auf?«

Wei Wuxian war erst verwundert, bis ihm etwas klar wurde. »Hanguang-Jun, du willst mir doch wohl keine Suppe mit Lotus und Rippchen kochen? Hast du dir gerade angeschaut, wie man sie zubereitet?«

Noch bevor Lan Wangji antworten konnte, machte Wei Wuxian sich bereits über ihn lustig: »Ha ha ha, Hanguang-Jun. Es ist nicht so, als würde ich auf dich herabsehen, aber ihr musstet in eurem Clan nie auch nur einen Finger rühren. Und deine Geschmacksnerven sind durch dieses fade Zeug geprägt, das ihr von klein auf gegessen habt. Wenn du etwas kochen würdest, könnte man bestimmt allein den Anblick schon nicht ertragen.«

Kommentarlos nahm Lan Wangji einen Schluck von der Suppe. Wei Wuxian wartete darauf, dass Lan Wangji etwas erwiderte, dieser blieb jedoch seelenruhig und setzte das Gespräch einfach nicht weiter fort.

Schließlich hielt Wei Wuxian es nicht länger aus. Ohne Scham fragte er: »Lan Zhan, du wolltest mir wirklich etwas kochen, oder?«

Lan Wangji blieb ruhig und bestätigte dies weder, noch verneinte er es.

Wei Wuxian wurde etwas unruhig und stand mit einem Mal auf. Er stützte sich mit beiden Händen an der Tischkante ab und forderte: »Sag schon ›Mhm‹.«

»Mhm.«

»Ist das jetzt nun ein Ja oder ein Nein? Meine Güte, Lan Zhan. Ich habe dich gerade eben doch nur aufgezogen. Wenn du für mich kochen würdest und dabei nichts weiter als ein Wok mit einem Loch im Boden übrig bliebe, würde ich sogar den Wok vor deinen Augen aufessen.«

Es dauerte etwas aber schließlich erwiderte Lan Wangji: »Das muss nicht sein.«

Wei Wuxian sprang ihn beinahe an und bettelte. »Also, kochst du mir etwas oder nicht? Koch doch bitte für mich, Hanguang-Jun! Ich werde es auch essen!«

Mit unveränderter Miene legte Lan Wangji ihm seine Hände an die Hüfte. »Deine Haltung.«

Wei Wuxian warnte ihn: »Zweiter Bruder, so kannst du nicht mit mir umspringen.«

Er nervte Lan Wangji so lange, bis dieser endlich nachgab und seine Hand umschloss. »Ich habe dir bereits einmal etwas gekocht.«

»Hä?« Wei Wuxian war verblüfft. »Hast du? Wann? Was? Warum erinnere ich mich nicht daran?«

»Beim Clanbankett«, klärte Lan Wangji ihn auf.

»...« Wei Wuxian ging ein Licht auf. »Das Essen, von dem ich dachte, dass du es aus dem Restaurant mit den Xiang-Spezialitäten* in der Stadt Caiyi mitgebracht hast? Hattest du das selbst gemacht?«

»Mhm.«

Wei Wuxian war wie vom Donner gerührt.

»Du hast das gekocht? In der Wolkennische gibt es tatsächlich so etwas wie eine Küche?«

»Natürlich.«

»Du hast das Gemüse gewaschen und geschnitten? Du hast es angebraten und gewürzt?«

»Mhm.«

»Du ... Du ...«

Wei Wuxian war fassungslos. Schließlich packte er mit einer Hand Lan Wangjis Kragen, während er mit der anderen seinen Hals umschlang. Er küsste ihn stürmisch.

Zum Glück wählten sie immer die unauffälligsten, ruhigsten Sitzplätze aus. Gerade saßen sie an einer Wand. Lan Wangji umarmte ihn und drehte sie beide so, dass man von außen nur seinen Rücken und Wei Wuxians einen Arm sehen konnte, den er um seinen Hals geschlungen hatte.

Als Wei Wuxian sah, dass Lan Wangji weder rot anlief noch keuchte, streckte er seine Hand nach ihm aus und erforschte seinen Körper. Wie erwartet ging Hitze von ihm aus.

Lan Wangji ergriff Wei Wuxians sittenlose Hand und ermahnte ihn: »Wei Ying.«

»Ich bin doch auf deinem Schoß, wozu rufst du mich also noch?«

* Regionale Küche der Region des Xiang-Flusses, auch Hunan-Spezialitäten genannt. Die Region ist bekannt für ihre scharfen Speisen.

»…«

Ernst sagte Wei Wuxian: »Entschuldige, die Freude hat mich überwältigt. Lan Zhan, wieso kannst du nur alles so gut? Selbst im Kochen bist du fantastisch!«

Sein Lob war überaus aufrichtig.

Lan Wangji hatte von klein auf unzählige Komplimente erhalten, doch bei keinem davon war es ihm so schwergefallen, ein Lächeln zu unterdrücken, wie bei diesem. Er gab sich gleichgültig. »Es war nicht so schwer.«

»Nein. Es ist sehr schwer. Du weißt nicht, wie oft ich als Kind aus der Küche gejagt wurde«, widersprach Wei Wuxian.

»…« Lan Wangji fragte: »Hast du schon einmal den Boden eines Woks verbrannt?«

»Nur einmal. Ich hatte vergessen, Wasser reinzutun, woraufhin der Wok angefangen hat zu brennen. Schau mich nicht so an, es ist wirklich nur einmal passiert«, beteuerte Wei Wuxian.

»Was hattest du in den Wok getan?«, wollte Lan Wangji wissen.

Wei Wuxian dachte einen Moment nach und lächelte schließlich. »Das ist schon so lange her, wie sollte ich mich daran erinnern? Lass uns nicht mehr darüber reden.«

Lan Wangji kommentierte das nicht, schien aber leicht die Augenbrauen zu heben.

Wei Wuxian tat so, als hätte er diese winzige Geste nicht bemerkt. Dann fiel ihm jedoch plötzlich etwas ein und er schwang reuevoll die Arme. »Aber warum hast du mir nicht früher erzählt, dass du das gekocht hast? Ich war so dumm und habe an dem Abend kaum etwas davon gegessen.«

»Macht nichts. Ich kann mehr machen, wenn wir zurück sind.«

Um genau diesen Satz zu hören, hatte Wei Wuxian ihn so lange ausgehorcht. Sofort strahlte er und fand nicht einmal mehr die Suppe schlecht.

Sie verließen das Restaurant und gingen eine Weile umher.

Vor ihnen ertönte Lärm und viele Menschen umringten eine Fläche mit zahlreichen kleinen Gegenständen auf dem Boden, auf die sie kleine Ringe warfen.

»Das ist toll!« Wei Wuxian zog Lan Wangji zu dem Händler, wo er drei Ringe entgegennahm. »Lan Zhan, hast du schon mal Ringewerfen gespielt?«

Lan Wangji schüttelte den Kopf und Wei Wuxian kommentierte: »Nicht mal das hast du gespielt. Ich zeig dir, wie es geht. Es ist sehr einfach, du nimmst diesen Ring, gehst einige Schritte zurück und wirfst nach einem Gegenstand auf dem Boden. Wenn du ihn triffst und er an diesem hängen bleibt, gehört er dir.«

»Wenn ich ihn treffe, gehört er mir«, wiederholte Lan Wangji.

»Genau so ist es. Was möchtest du haben? Ich hole dir, was du willst«, bot Wei Wuxian ihm an.

Lan Wangji überließ ihm freie Wahl. »Egal.«

Wei Wuxian stützte seinen Ellbogen an Lan Wangjis Schulter ab und zog einmal an den Enden seines Stirnbands. »Hanguang-Jun, wenn du mich so gleichgültig behandelst, ist das für mich ein bisschen peinlich.«

Ernst entgegnete Lan Wangji daraufhin: »Ich will das, was du triffst.«

Einen Moment lang war Wei Wuxian verdutzt. »Also wirklich, was sagst du da nur in der Öffentlichkeit?!«

Lan Wangji verstand nicht. »Hm?«

»Du flirtest mit mir.«

Ruhig entgegnete Lan Wangji: »Tu ich nicht.«

»Doch! Gut, dann hole ich dir ... Die da, die da drüben!«

Er zeigte auf eine weit entfernte, große weiße Schildkröte aus Porzellan und ging einige Schritte zurück. Als er drei Meter weg stand, machte der Standbesitzer eine Handgeste und rief ihm zu: »Das reicht, das reicht!«

Doch Wei Wuxian war anderer Meinung. »Nein, das ist noch nicht genug.«

»Junger Herr, Ihr steht zu weit weg. Wenn Ihr nichts trefft, dürft Ihr mir nicht vorwerfen, dass ich Euch betrogen hätte!«

»Wenn ich nicht weit genug weg stehe, befürchte ich, dass Ihr bankrottgeht!«

Die Menge lachte. »Der junge Herr hat aber Selbstvertrauen!«

Das Spiel war zwar augenscheinlich sehr einfach, doch jeder Gegenstand auf dem Boden hatte einen gewissen Abstand zum anderen. Man musste seine Kraft zu einem hohen Maß kontrollieren können, was für gewöhnliche Menschen alles andere als einfach war. Für Kultivierer stellte dies jedoch in der Tat keine Herausforderung dar. Wie sollte er also Spaß daran haben, wenn er den Abstand nicht ein wenig vergrößerte?

Wei Wuxian stand weit weg und drehte sich auch noch extra mit dem Rücken zum Händler, sodass die Menge noch lauter lachte. Im nächsten Moment warf er den Ring rückwärts. Dieser fiel federleicht auf den Panzer der Porzellanschildkröte und landete schließlich auf ihrem Kopf.

Der Händler und die Menge waren sprachlos.

Wei Wuxian schaute zurück und ein Lächeln breitete sich auf seinem Gesicht aus. Er hob die beiden übrigen Ringe hoch und rief zu Lan Wangji: »Möchtest du es versuchen?«

»Ja.«

Er ging zu Wei Wuxian und fragte: »Was möchtest du?«

Es war ein kleiner Straßenstand, an dem es keine hochwertigen Gegenstände gab. Es handelte sich um kleine Spielereien, die von Weitem ganz gut aussahen. Die große Porzellanschildkröte, die Wei Wuxian getroffen hatte, war bereits der schönste Gegenstand.

Wei Wuxian sah sich um und je länger er die Auslage betrachtete, desto mehr dachte er sich, dass das alles hässlicher Plunder war und er nichts davon haben wollte, sodass ihm die Wahl recht schwerfiel. Dann erblickte er jedoch einen überaus hässlichen Plüschesel. Er war so unansehnlich, dass man ihn unmöglich ignorieren konnte, wenn man seinen Blick über die Sachen schweifen ließ. Erfreut sagte Wei Wuxian: »Der ist nicht schlecht, der sieht aus wie Kleiner Apfel. Da, der da.«

Lan Wangji nickte, stellte sich noch mal drei Meter weiter weg als Wei Wuxian und drehte sich ebenfalls zum Werfen um.

Sein Ring traf perfekt.

Die Menge jubelte und applaudierte eifrig. Lan Wangji drehte sich wieder um und sah zu Wei Wuxian, der schallend lachte und den Esel an sich nahm. Er klemmte ihn unter seinen Arm und klatschte von allen am lautesten. »Noch mal, noch mal!«

Lan Wangji hatte noch einen Ring, den er nun sanft und sicher in seiner Hand wiegte. Dieses Mal warf er ihn erst nach einer ganzen Weile nach hinten und drehte sich anschließend sofort um, um ihm nachzuschauen.

Der Ring flog durch die Luft und die Menge schrie enttäuscht auf – denn er flog so schief, dass er die Fläche des Stands nicht mal berührte. Stattdessen landete er genau auf Wei Wuxian.

Der war zunächst verdutzt, ehe er ein erneutes Lachen nicht mehr zurückhalten konnten.

Die Menge fand das zwar schade, tröstete sie aber eifrig.

»Das war sehr gut!«

»Genau, ihr habt mehrere Gegenstände getroffen.«

»Wirklich erstaunlich!«

Überaus erleichtert seufzte der Standbesitzer und sprang mit erhobenen Daumen auf. »Genau, das war wirklich fantastisch. Junger Herr, Ihr habt tatsächlich die Wahrheit gesagt, hättet Ihr noch einige mehr getroffen, wäre ich wirklich bankrottgegangen!«

Wei Wuxian lächelte. »Das reicht, wir wissen, dass Ihr uns nicht weiterspielen lassen wollt. Wir haben auch bereits genug, nicht wahr? Lan Zhan, komm, wir gehen.«

Fröhlich verabschiedete sie der Händler. »Tschüss!«

Erst als die beiden in der Menschenmenge verschwunden waren, fiel ihm plötzlich wieder ein: »Der dritte Ring! Sie haben ihn mir gar nicht zurückgegeben!«

In der linken hielt Wei Wuxian die Schildkröte, während der Esel unter seinem rechten Arm klemmte. Nachdem sie eine Weile gelaufen waren, meinte er schließlich: »Lan Zhan, mir ist nie aufgefallen, wie einfallsreich du bist.«

Lan Wangji nahm ihm die schwere Porzellanschildkröte aus der Hand.

Wei Wuxian nahm den Ring um seinen Hals ab und stülpte ihn über Lan Wangjis Kopf. »Du musst nicht so tun, als würdest du nicht verstehen, wovon ich rede. Ich weiß, dass du das mit Absicht gemacht hast.«

Lan Wangji trug die große Porzellanschildkröte mit einer Hand. »Wo sollen wir die zu Hause hinstellen?«

Wei Wuxian wusste doch tatsächlich nicht, was er darauf antworten sollte. Die Schildkröte war groß und schwer und handwerklich keine sonderlich gute Arbeit. Mit ihrem überaus klobigen Kopf ging sie gerade so noch als süß durch. Doch als Wei Wuxian genauer hinschaute, bemerkte er, dass der Künstler überaus nachlässig gewesen war. Ihre winzigen Augen wirkten fast so, als würde sie schielen. Kurz gefasst: Egal wie man sie auch betrachtete, sie passte einfach nicht in die Wolkennische. Wo man sie hinstellen sollte, stellte wirklich ein Problem dar.

Wei Wuxian dachte einen Moment nach. »Ins Ruhezimmer?«

Sofort nachdem er es ausgesprochen hatte, schüttelte er den Kopf und verwarf die Idee selbst wieder. »Das Ruhezimmer ist nur zum Zitherspielen und Anzünden von Räucherstäbchen geeignet. An diesen Ort der Ruhe und Klarheit, der von Sandelholzgeruch erfüllt ist, passt so eine große Schildkröte wirklich nicht. Das sähe schrecklich aus.«

Bei den Worten, dass das Ruhezimmer nur zum »Zitherspielen und Anzünden von Räucherstäbchen« geeignet sei, warf Lan Wangji ihm einen Blick zu. Er schien etwas sagen zu wollen, beließ es jedoch dabei.

Wei Wuxian fuhr fort: »Aber wenn wir sie in der Wolkennische an einem anderen Ort als dem Ruhezimmer aufstellen, wird sie mit Sicherheit sofort rausgeschmissen.«

Lan Wangji nickte still.

Wei Wuxian zögerte eine ganze Weile und schaffte es einfach nicht, so schamlos zu sein und vorzuschlagen »Lass sie uns heimlich in das Zimmer deines Onkels bringen. Wir sagen einfach nicht, dass wir es waren«. Dann schlug er sich auf den Oberschenkel. »Ich hab's! Stellen wir sie doch im Klassenzimmer auf.«

Lan Wangji dachte über seine Worte nach. »Warum dort?«

»Das weißt du nicht? Wenn wir sie ins Klassenzimmer stellen und Sizhui, Jingyi und die anderen dich danach fragen, wenn du sie unterrichtest, dann kannst du ihnen sagen, dass ein geheimnisvoller, außergewöhnlicher Handwerker sie eigens angefertigt hat. Extra als Andenken an die *Xuanwu des Gemetzels,* die du damals besiegt hast. Sie hat eine ungeheuer tiefe Bedeutung und soll die Sprösslinge des Gusu-Lan-Clans dazu ermutigen, sich die Heldentaten ihrer Qianbei zum Vorbild zu nehmen und nach Wachstum zu streben. Auch wenn es die Xuanwu des Gemetzels nicht mehr gibt, so erwarten sie mit Sicherheit noch der *Zhuque des Todes*, der *Baihu der Zerstörung*, der *Qinglong des Untergangs* und andere.* Sie müssen unbedingt Großes vollbringen, um ihre Vorgänger zu übertreffen und die Welt in Staunen zu versetzen.«

»...«

»Wie findest du das?«

Nach einer Weile meinte Lan Wangji: »Sehr gut.«

Und so sahen Lan Sizhui, Lan Jingyi und die anderen wenige Tage später in Lan Wangjis Unterricht eine grob gefertigte, große Porzellan-

* Die Begriffe »Zhuque«, »Baihu« und »Qinglong« bedeuten übersetzt »roter Vogel«, »weißer Tiger« und »blauer Drache«. Sie sind genau wie die Xuanwu, die »schwarze Schildkröte«, Wundertiere der chinesischen Mythologie.

schildkröte mit leblosem Blick hinter ihm auf dem Schreibtisch stehen. Aber da sie alle eine unerklärliche Ehrfurcht verspürten, wagte es keiner nachzufragen, warum sie plötzlich dort platziert war. Doch das ist eine andere Geschichte ...

Nachdem sie die Ausbeute in ihren Kosmos-Ärmeln verstaut hatten, traten die beiden erfolgreich den Rückweg an.

Vor ihrer Ankunft in Yunmeng hatte Wei Wuxian Lan Wangji die ganze Zeit von den smaragdgrünen Lotusblütenseen vorgeschwärmt, deren wunderschöner Anblick sich erstreckte, so weit das Auge reichte. Da war es nur natürlich, dass er ihn auch zu einem schleifte, um ihn ihm zu zeigen. Eigentlich hätte er gern ein schön verziertes, luxuriöses Boot ausgewählt, doch selbst nachdem er eine Ewigkeit gesucht hatte, fand er nur ein winzig kleines Holzboot. Es trieb am Seeufer und sah aus, als würde es untergehen, sobald man ihm auch nur einen leichten Tritt verpasste. Zwei ausgewachsene Männer schienen angesichts dessen ein wenig zu viel des Guten, doch es war nicht so, als ob sie eine andere Wahl gehabt hätten.

»Du sitzt an dem Ende und ich an diesem. Bleib ruhig sitzen und wackle auf keinen Fall hin und her. Wenn wir nicht aufpassen, kippt das Boot um«, warnte Wei Wuxian.

Doch Lan Wangji schreckte das nicht ab. »Macht nichts. Wenn wir ins Wasser fallen, rette ich dich.«

Wei Wuxian erwiderte: »Das klingt ja so, als ob ich nicht schwimmen könnte.«

Das kleine Boot streifte im Vorbeifahren die großen, prallen Lotusblüten. Jedes Blütenblatt strahlte in einem satten Rosa. Wei Wuxian hatte sich hingelegt und benutzte seine Arme als Kissen. Weil das Boot so klein war, lagen seine Beine beinahe auf Lan Wangji, der jedoch nichts gegen diese zügellose, unangemessene Körperhaltung hervorbrachte.

Eine sanfte Brise wehte, das Wasser war ruhig.

»Aktuell ist die Blütezeit des Lotus. Leider sind die Kapseln noch nicht reif, sonst könnten wir welche pflücken«, meinte Wei Wuxian.

»Wir können noch mal herkommen.«

»Stimmt! Wir können noch mal herkommen.«

Wei Wuxian ruderte einige Male, ehe er geistesabwesend eine Stelle anstarrte. »Hier gab es früher einen alten Mann, der Lotuskapseln angepflanzt hat. Jetzt ist er aber anscheinend nicht mehr da.«

»Mhm.«

»In meiner Jugend war er bereits sehr alt. Mittlerweile sind etliche Jahre vergangen. Wenn er noch nicht gestorben ist, so ist er wahrscheinlich doch schon so alt, dass er nicht mehr laufen und rudern kann.«

Er wandte sein Gesicht Lan Wangji zu. »Als ich dich damals in der Wolkennische immer wieder in den Lotuspier eingeladen habe, wollte ich unbedingt, dass du mit mir hierherkommst und Lotuskapseln stiehlst. Weißt du, warum?«

Wei Wuxian gegenüber beantwortete Lan Wangji stets alle Fragen und ging auf all seine Bitten ein. Und so antwortete er auch jetzt ernst: »Nein. Warum?«

Wei Wuxian zwinkerte ihm mit dem linken Auge zu und grinste. »Weil der alte Mann überaus geübt darin war, Leute mit seinem Bambusstab zu schlagen. Wenn er einen erwischte, tat das deutlich mehr weh als die Hiebe mit den Disziplinierungslinealen eures Clans. Damals dachte ich, ich muss dich unbedingt hierherlocken, damit du auch einige Schläge abbekommst.«

Bei diesen Worten hoben sich Lan Wangjis Mundwinkel ganz leicht und der Glanz des kalten Mondes auf dem See verschmolz mit seinem Lächeln.

Augenblicklich wurde Wei Wuxian schwindelig. Unwillkürlich übertrug sich das Lächeln auch auf sein Gesicht.

»Na gut, ich gestehe …«, setzte er an.

Doch dann drehte sich alles. Und Wasserspritzer flogen mehrere Meter in die Höhe, als das kleine Boot mit einem gewaltigen Platschen umkippte.

Wei Wuxian kehrte zurück an die Wasseroberfläche und wischte sich über das Gesicht. »Ich hatte doch gesagt, dass du ruhig sitzen und nicht hin und her wackeln sollst, weil das Boot sonst kentert!«

Lan Wangji schwamm zu ihm rüber. Als Wei Wuxian sah, wie unbeeindruckt Lan Wangji blieb, obwohl er gerade in den See gefallen war, lachte er so sehr, dass er sich beinahe am Wasser verschluckte. »Wer von uns beiden hat sich zuerst rübergelehnt? Schau nur, was passiert ist!«

»Ich weiß es nicht. Vielleicht war ich es«, meinte Lan Wangji.

»Na gut, ich könnte es auch gewesen sein!«, lenkte Wei Wuxian ein.

Die beiden lächelten, während sie im Wasser trieben und nach dem jeweils anderen die Hand ausstreckten. Eng umschlungen küssten sie sich.

Nachdem ihre Lippen sich voneinander gelöst hatten, hob Wei Wuxian die Hand und führte den Satz von zuvor fort. »Ich gestehe, ich habe Unsinn geredet. Ich wollte damals ganz einfach nur etwas mit dir unternehmen, mehr nicht.«

Lan Wangji hob ihn an der Hüfte hoch und Wei Wuxian kletterte zurück ins Boot. Anschließend drehte Wei Wuxian sich zu ihm um und streckte eine Hand aus, um Lan Wangji hineinzuhelfen. »Deswegen musst du jetzt auch ehrlich zu mir sein, Lan Zhan.«

Lan Wangji stieg ebenfalls wieder ins Boot und reichte ihm sein rotes Haarband. »Wobei?«

Wei Wuxian nahm es in den Mund und band seine schwarzen Haare, die im Wasser aufgegangen waren, wieder zusammen. »Dass du damals das Gleiche gedacht hast wie ich.« Ernst fügte er hinzu: »Weißt du, jedes Mal, wenn du meine Einladungen so eiskalt abgewiesen hast, hat mich das wirklich blamiert.«

Lan Wangji erwiderte: »Versuch es noch mal und du wirst sehen, dass ich dir niemals wieder etwas abschlagen werde.«

Dieser Satz traf Wei Wuxian ohne jede Vorbereitung mitten ins Herz, sodass er sich verschluckte. Lan Wangji hingegen war so ruhig wie immer, als hätte er keine Ahnung, was er soeben gesagt hatte.

Wei Wuxian legte die Hand an die Stirn. »Du ... Hanguang-Jun, einigen wir uns doch darauf, dass du es vorher ankündigst, wenn du etwas Romantisches sagst. Sonst macht mein Herz das nicht lange mit.«

Lan Wangji nickte. »Gut.«

»Lan Zhan, du bist echt ...!«

Abertausende Worte blieben ungesagt, an deren Stelle traten stattdessen Lachen und Umarmungen.

– Ende –

Charaktere

In der nachfolgenden Übersicht befinden sich neben der Auflistung der Charaktere auch die Bedeutungen der Schriftzeichen, aus denen sich ihre Namen zusammensetzen (siehe Klammern). Chinesische Schriftzeichen können unterschiedliche Bedeutungen haben. Die hier angegebenen dienen daher als Information und sollten nicht als endgültige Übersetzung angesehen werden.

Hauptcharakter
Wei Wuxian: Yiling-Patriarch (Titel), Wei Wuxian (Hofname; Familienname Wei, »keinen Neid empfinden«), Wei Ying (Geburtsname; Familienname Wei, »Kleinkind«), A-Ying, A-Xian, Xianxian (Spitznamen)

Mitglieder der Familie Mo
Mo Xuanyu: (Geburtsname; »nichts/niemand«, »mysteriös/schwarz«, »Federn«), hat Wei Wuxian in seinen Körper beschworen

Mitglieder des Jiang-Clans
Jiang Cheng: Sandu-Shengshou (Titel; »Meister von Sandu« bzw. »Meister der drei Gifte«), Jiang Wanyin (Hofname; »Fluss«, »Abend/spät«, »singen/rezitieren«), Jiang Cheng (Geburtsname; »Fluss«, »klar«), A-Cheng (Spitzname), aktuelles Oberhaupt

Jiang Fengmian: (»Fluss«, »Ahorn«, »schlafen«), ehemaliges Oberhaupt

Jiang Yanli: (»Fluss«, »Trennungen verabscheuen«), A-Li (Spitzname), Tochter von Jiang Fengmian

Yu Ziyuan: (Familienname Yu, »violett«, »Milan«), violette Spinne (Spitzname), Frau von Jiang Fengmian

Mitglieder des Jin-Clans
Jin Guangyao: Lianfang-Zun (Titel; »Edelmann des versteckten Dufts«), Jin Guangyao (Hofname; »gold«, »Licht«, »kostbare Jade«), Meng Yao (Geburtsname; Familienname Meng, »kostbare Jade«), A-Yao, Xiao Meng (Spitznamen), ehemaliges Oberhaupt des Jin-Clans und ehemaliges Oberhaupt der Kultivierungswelt

Jin Ling: Jin Rulan (Hofname; »gold«, »einer Orchidee gleichend«), Jin Ling (Geburtsname; »gold«, »emporsteigen«), aktuelles Oberhaupt

Mitglieder des Lan-Clans
Lan Jingyi: (Hofname; »blau/Tempel«, »Landschaft«, »Etikette«), Schüler

Lan Qiren: (Hofname; »blau/Tempel«, »erwacht«, »Güte«), Lehrer, Onkel von Lan Xichen und Lan Wangji

Lan Sizhui: Lan Sizhui (Hofname; »blau/Tempel«, »erinnern«, »etwas verfolgen/nach etwas streben«), Lan Yuan (Geburtsname; »blau/Tempel«, »Wunsch/Hoffnung«), Schüler

Lan Wangji: Hanguang-Jun (Titel; »Ehrwürdiger, dem Licht innewohnt«), Lan Wangji (Hofname; »blau/Tempel«, »frei von weltlichen Sorgen«), Lan Zhan (Geburtsname; »blau/Tempel«, »klar/tief«)

Lan Xichen: Zewu-Jun (Titel; »Ehrwürdiger des überwucherten Sumpfs«), Lan Xichen (Hofname; »blau/Tempel«, »Sonnenlicht«, »Vasall/Minister«), Lan Huan (Geburtsname; »blau/Tempel«, »sich auflösen «), aktuelles Oberhaupt

Mitglieder des Wen-Clans
Wen Ning: Geistergeneral (Titel), Wen Qionglin (Hofname; »lauwarm«, Beschreibung für eine herrliche Landschaft im Reich der Unsterblichen), Wen Ning (Geburtsname; »lauwarm«, »friedlich«), A-Ning (Spitzname)

Weitere Personen
Junger Herr Qin: (Familienname Qin), ersucht Wei Wuxian, Lan Wangji und Lan Sizhui um Hilfe bei der Vertreibung eines bösartigen Untoten

Glossar

Bichen: Schwert von Lan Wangji, »weltliche Angelegenheiten vermeiden«

Chenqing: Flöte von Wei Wuxian, »an alte Beziehungen/Freundschaften zurückdenken, seine eigenen Gedanken darlegen«

Goldene Schuppen Plateau: Hauptsitz des Lanling-Jin-Clans, befindet sich in Lanling

Guanyin: weiblicher Bodhisattva im Budhismus

Liebing: Flöte von Lan Xichen, »zerbrochenes Eis«

Lotuspier: Hauptsitz des Jiang-Clans, befindet sich in Yunmeng

Qianbei: jemand, der (mindestens eine Generation) älter, in der Hierarchie höher oder erfahrener, aber nicht unbedingt mit einem verwandt ist oder demselben Clan angehört

Shidi: jüngeres, männliches Mitglied des gleichen Clans (entspricht vom Alter her einem jüngeren Bruder)

Shijie: älteres, weibliches Mitglied des gleichen Clans (entspricht vom Alter her einer großen Schwester)

Shixiong: älteres, männliches Mitglied des gleichen Clans (entspricht vom Alter her einem großen Bruder)

Spirituelle Energie: Energie, die man zum Kultivieren benötigt

Wangji: Zither von Lan Wangji, »sich weltlichen Sorgen und jeglichem Kalkül entledigen/nicht berechnend sein«

Wolkennische: Hauptsitz des Lan-Clans, befindet sich in Gusu

Xuanwu: Fabelwesen aus der chinesischen Mythologie; eine Kombination aus einer Schildkröte und einer Schlange

Yang-Energie: die Kraft der Lebenden – jeder Mensch hat sie, egal ob er kultiviert oder nicht

Yin-Energie: die Kraft der Untoten, Yao, Dämonen, Monster und Geister

Zhangbei: jemand, der (eine Generation) älter, in der Hierarchie höher oder erfahrener und der i. d. R. mit einem verwandt ist

Mo Xiang Tong Xiu

Junge, abergläubische Frau, die für ihren Sticker-
Gebrauch auf der Socialmedia-Plattform Weibo bekannt ist.
Furchtbare Köchin, die beim Fotografieren anfängt zu zittern.
Langsame Tipperin, die nur schreibt, wenn ihr danach ist.
... Das ist alles gelogen.
In Wirklichkeit mag ich es, nachmittags einen Tee zu
trinken und in die Ferne zu schauen, oder mein geliebtes
Notizbuch aufzuschlagen und Gedichte zu schreiben.
Nein, nein, nein, das entspricht noch viel weniger der Wahrheit.
Na gut, schreiben tue ich ja schon.
Genau.

TOKYOPOP GmbH
Hamburg

TOKYOPOP
1. Auflage, 2023
Deutsche Ausgabe/German Edition

Aus dem Chinesischen von Nina Zhao

Published originally under the title of《魔道祖师》(Mo Dao Zu Shi)
Author©墨香铜臭 (Mo Xiang Tong Xiu)
German Edition rights under license granted by 北京晋江原创网络科技有限公司 (Beijing Jinjiang Original Network Technology Co., Ltd)
Illustrations by 千二百 (Qian Er Bai)
Logo font granted under license granted by 2016 Reve Books Co., Ltd, Taiwan (平心出版)

Redaktion: Simone Meinecke
Lettering und Herstellung: Annika Meyer-Wülfing
Umschlaggestaltung: Annika Meyer-Wülfing
Druck und buchbinderische Verarbeitung:
CPI–Clausen & Bosse GmbH, Leck
Printed in Germany

MIX Papier FSC® C083411

Wir achten auf die Umwelt.
Dieses Produkt besteht aus FSC®-zertifizierten und anderen kontrollierten Materialien.

ISBN 978-3-8420-7182-7

www.tokyopop.de

THE GRANDMASTER OF DEMONIC CULTIVATION – MANHUA

Mo Xiang Tong Xiu / Luo Di Cheng Qiu

Wei Wuxian ist einer der mächtigsten Männer seiner Generation. Seine dämonischen Fähigkeiten versetzen die Menschen jedoch in Angst und Schrecken, sodass die Nachricht über seinen Tod eine Welle des Jubels und der Erleichterung auslöst. Jahre vergehen, bis Wei Wuxian durch ein Opferritual zurück in die Welt der Lebenden – in den Körper eines Fremden – beschworen wird. Während er versucht, seine wahre Identität geheim zu halten, wird er mit dunklen Machenschaften konfrontiert, die er nicht ignorieren kann. In all dem Chaos begegnet ihm plötzlich ein vertrautes Gesicht aus seinem früheren Leben: der attraktive und rechtschaffene Lan Wangji. Fortan stellen sie sich gemeinsam den bösartigen Geistern und feindseligen Clanmitgliedern, um die in dichten Nebel gehüllten Wahrheiten ans Licht zu bringen!

TOKYOPOP®

www.tokyopop.de

DIE BRAUT DES MAGIERS
LIGHT NOVEL – DAS GOLDENE GARN
Kore Yamazaki

Die erste Kurzgeschichtensammlung zu *Die Braut des Magiers*!

Die Welt von Elias und Chise ist viel größer, als es den Anschein hat! Unzählige Feen und Geister kreuzen abermals ihren Weg und entführen sie in unbekannte verborgene Winkel. Dieses Werk vereint die magische Geschichte von Kore Yamazaki, der Schöpferin von *Die Braut des Magiers*, mit weiteren Erzählungen japanischer Autoren – wie ein Wandteppich aus goldenem Garn, der Erinnerungen und Geheimnisse miteinander verwebt.

TOKYOPOP
Die Braut des Magiers
1
Kore Yamazaki

CHOCOLATE VAMPIRE – LIGHT NOVEL
DAS GEHEIMNIS DER FAMILIE KUROYURI
Nao Tsuzuki / Kyoko Kumagai

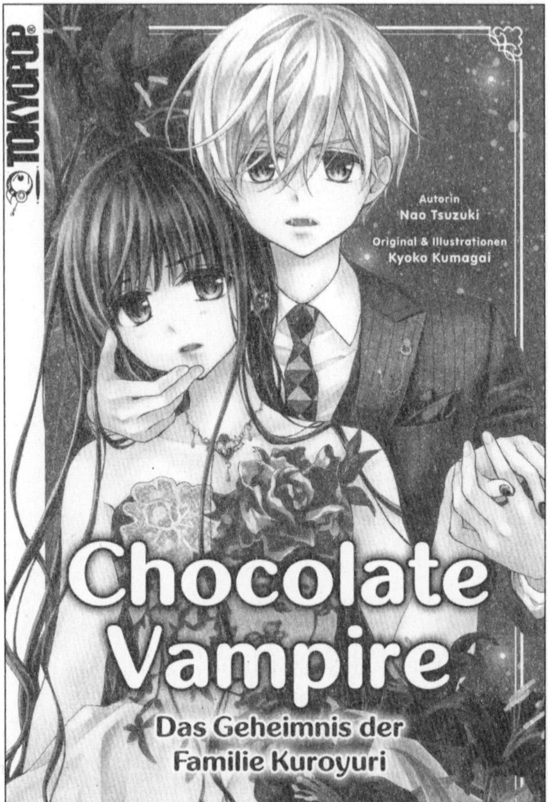

Die Droge in den totalen Wahnsinn ...

Das Menschenmädchen Chiyo und der Vampir Setsu haben als Kinder einen Blutspakt geschlossen. Inzwischen groß geworden, besuchen die beiden eine Schule, an der Vampire und Menschen gemeinsam unterrichtet werden. Dort geht neuerdings das Gerücht über eine gefährliche Droge namens »Spice« um. Diese soll die Kräfte der Blutsauger schlagartig verbessern. Als Mitglied der Campus-Sicherheitstruppe wird Chiyo mit der Untersuchung beauftragt. Doch plötzlich entführen Unbekannte Setsus Bruder! Hat der Täter etwas mit der Droge zu tun ...?

TOKYOPOP®

www.tokyopop.de

DEATH NOTE:
L – CHANGE THE WORLD

Die ultimative Herausforderung für Meisterdetektiv L!

Eine Gruppe von fanatischen Bio-Terroristen will die Weltbevölkerung ausrotten, um die Menschheit anschließend aus nur wenigen Auserwählten wiederauferstehen zu lassen. Als Mittel zur Umsetzung dieses Plans sollen ein tödliches Virus und ein passendes Gegenmittel dienen. Als Meisterdetektiv L von den Terrorplänen erfährt, ist er fest entschlossen, diese um jeden Preis zu vereiteln. Ein rasantes Katz-und-Maus-Spiel beginnt, bei dem der Jäger bald selbst zum Gejagten wird ...

TOKYOPOP

www.tokyopop.de

ACCEL WORLD – LIGHT NOVEL

Reki Kawahara / HIMA

Welcome to the accelerated world!

Die Begegnung mit Kuroyukihime, dem schönsten Mädchen der Schule, krempelt das Leben des dicken dreizehnjährigen Haruyuki komplett um. Sie führt ihn in die »beschleunigte Welt« des Online-Games *Brain Burst* ein. Von dem Moment an ist der sonst stets verspottete Haruyuki ein »Burst Linker« und muss ritterlich seine Prinzessin beschützen. Eine neue unterhaltsame Scifi-Novel des talentierten japanischen *Sword Art Online*-Autors Reki Kawahara, der mit diesem Debütwerk den großen Newcomer-Preis des *Dengeki Bunko*-Magazins abräumte!